AF237330

Kaspar Eduard Schech:

Sieben seltsame Geschichten

Sieben seltsame Geschichten

von

Kaspar Eduard Schech

Sieben seltsame Geschichten

© 2023 Kaspar Eduard Schech

Umschlag: Palme, ASCII-Grafik und Vignetten ©
Schech, Kaspar Eduard

Lektorat: Emma Sommerfeld

Bibliografische Information der Deutschen
Nationalbibliothek: Die Deutsche Nationalbibliothek
verzeichnet diese Publikation in der Deutschen
Nationalbibliografie; detaillierte bibliografische Daten
sind im Internet über http://dnb/dnb/de abrufbar.

Herstellung und Verlag:
BoD – Books on Demand, Norderstedt
ISBN: 9 783751 970242

»Woanders ist es genauso, nur anders.«

(J. W. v. Goethe)

Schech: Sieben seltsame Geschichten

Der Inhalt

Einleitende Bemerkungen

Dieser zweite Band meiner Kurzgeschichtenreihe ist persönlicher als der erste Band, der mit dem Titel »Sieben kurze Geschichten«. Persönlicher bedeutet, dass die Mehrzahl der Geschichten von einem Ich-Erzähler vorgetragen werden.

Die Erzählungen beruhen zu einem Teil auf eigenen Erlebnissen und zu einem anderen Teil habe ich mir die Freiheit gegönnt, den Hergang mithilfe von Fantasie weiterzuflechten oder mit anderen Begebenheiten zu verknüpfen; selbst auf die Gefahr hin, den Boden des Faktischen weit zu verlassen und mich gelegentlich in Richtung des Absurden zu bewegen. Der geneigte Leser möge daher erst gar nicht die Anstrengung auf sich nehmen, herauszufinden, wo in den vorgelegten Geschichten die Nahtstelle zwischen realer Erfahrung einerseits und Ausgedachtem andererseits liegen könnte – er wird sie nicht finden.

Die Texte in diesem zweiten Band wollen weder wirklichkeitsgetreue Begebenheiten erzählen noch irgendeinem Plot folgen, sondern nur eines: unterhalten.

1

Hochwasser

Das Hotel unten am Fluss, der vom Regen in den letzten beiden Wochen braunes Hochwasser führte, war seit dem Vortag der Jahreszeit entsprechend weihnachtlich dekoriert. Wenn es weiter so regnete und der Pegel weiter stieg, dann würde der Bootssteg bald nicht mehr nutzbar sein und ich hier festsitzen. Für Wochen.

Wer es einrichten konnte, befuhr in dieser Jahreszeit den Fluss nicht mehr. Die Provinzhauptstadt und die nächste und letzte Anlegestelle des »Dampfers«, einem Kabinenschiff mit Dieselmotor, lag zwei, drei Reisetage stromabwärts. Von dort kam man nur mit Booten weiter, die flach genug waren, um durch die zwei Stromschnellen zu manövrieren, die dieses Dreckdorf von der Endstation des Dampfers trennte, dem letzten Außenposten der Zivilisation. Das Gebiet im Umkreis des Dorfes, meist dichter Wald, galt als sicher. Und doch: Vor meiner Abreise in den Busch hatte mir jemand einen Zeitungsausschnitt zugesteckt, der beschrieb, wie das ganze Dorf von einer maskierten Gaunerbande überfallen und geplündert worden war. Kein Datum.

In diesem Jahr stand eine »Volkszählung« an. Das war die beschönigende Umschreibung, die die Ausländerbehörde benutzte, wenn sie fast jedes Jahr vor den großen Feiertagen ihre Mitarbeiter ausschickte, damit sie – wie sie sagten – Dokumente kontrollierten. »Das ist nur zu Ihrer eigenen Sicherheit«, gaben sie vor. In Wirklichkeit suchten sie irgendeinen Formfehler im Pass, einen verschmierten Stempel, ein falsches Datum, ein fehlendes Schriftstück – jede Ausrede war ihnen recht, um Geld zu pressen. Ich hatte das schon öfter erlebt, und es galt, den behördlichen Blutsaugern aus dem Weg zu gehen.

Ich hatte es mir schon Monate zuvor zurechtgelegt und passende Pläne ausgedacht, um während der Feiertage nicht in dem Kaff zu bleiben. Ich erwog, in die Provinzhauptstadt zu fahren, um dort in dem sauberen Gästehaus der Firma allein zu sein. Oder, besser, mit dem zweimotorigen Buschflieger an die Küste weiterzureisen, falls es noch Plätze in der Maschine gab. Ich dachte an eine liebe Freundin, die ich dort einmal kennengelernt hatte. War sie noch am selben Ort? Nur hatte ich nicht mit dem Hochwasser gerechnet. Die Regenzeit war dieses Jahr zwei oder drei Wochen früher gekommen als in anderen Jahren.

Hotel war ebenfalls ein viel zu hochwertiges Wort für die Kaschemme, in der ich zu jener Zeit logierte. Es war kaum mehr als eine Sperrholzhütte mit zwei Etagen und einem Wellblechdach darüber, leider die einzige Übernachtungsmöglichkeit in diesem gottverlassenen Dorf mit seinen Straßen aus rotem Lehm, den schiefen Hütten und den kreischenden Affen im Wald, die mir die Nachtruhe raubten.

Weihnachtlich dekoriert war auch nicht das passende Wort für den Schnickschnack, mit dem sie sich bemüht hatten, die Bretterbude herauszuputzen. Sie hatten buntes Zeug in der Lobby und im Gastraum aufgehängt, billige Papiergirlanden, blinkende Lämpchen, die jemand mit blanken Drähten irrwitzig in die Steckdose gepfriemelt hatte. Die Zentralfigur in der Empfangshalle mit dem feuchten Bretterboden war ein lebensgroßer, innenbeleuchteter Weihnachtsmann aus dünner Plastikfolie, der von einem Gebläse aufrecht gehalten wurde. Der aufgeblasene Herr Santa bekam seinen Strom aus dem gleichen Stecker wie die

Blinklichtgirlanden an der Decke, was dazu führte, dass jedes Mal, wenn die Lichterkette blinkte, die Spannung für einen Augenblick abrupt abfiel und der Weihnachtsmann kurz in sich zusammensank, bevor das Gebläse ihn wieder aufrichtete. Das unruhige Gezappel des Nikolausmannes erweckte den Eindruck, dass er an einem epileptischen Anfall leiden könnte, ein Anblick, der zum Fest des Friedens eher Mitleid erzeugte, als frohe Feiertagsstimmung zu verbreiten. Wenigstens hatten sie am Eingang kein aufblasbares und bunt blinkendes Rentier mit Schlitten aufgestellt; »Rudolph mit der roten Nase« war in diesem Jahr nicht im Sortiment des örtlichen Kramladens. Also Regenwald ohne Schnee und Rentierschlitten.

Die meisten der zwölf Gästezimmer, die an guten Tagen mit Flussreisenden belegt waren, waren schon seit Wochen unbewohnt. Die Wirtin, die die Spelunke betrieb, hatte mich eingeladen, ja fast angefleht, bitte doch noch ein paar Tage dazubleiben. Das Haus sei leer, sagte sie, sie hätte kaum Gäste. Mir schien eher, sie brauchte Gesellschaft für sich und für die junge Frau in der Küche, die abends an der Bar bediente und die wenigen Gäste mit ihrem freundlichen, aber belanglosen Geschwätz unterhielt. Um ihrer Einladung mehr Gewicht zu verleihen, versprach die Wirtin, zwei der Hühner, die im Hinterhof gemeinsam mit den schwarz-weiß gefleckten Schweinen in der regendurchtränkten Erde scharrten, zum Fest zu schlachten. Sie plante, daraus etwas Feines zu kochen, wie sie sagte, »einen Braten auf offenem Feuer, mit Kräutern und anderen Speisen, die im Bananenblatt gegart werden«, trockenes Holz liege schon bereit.

Was kann man während der Regenzeit im Regenwald schon Besseres erwarten als nasse Kleider, Schuhe, die sich verschimmelnd auflösen, klammes Papier, Unterlagen, die von der Feuchtigkeit aufweichen, jeden Tag weicher werden und nach ein paar Tagen gar nicht mehr lesbar sind, und ein Laptop, dessen Kontakte trotz Pflege korrodieren und das System regelmäßig abstürzen lassen? Der dauernde Regen vertrieb das Ungeziefer aus dem trockenen Zwischenraum unter den Holzdielen, sodass allerlei Käfer und vereinzelt ein giftiger Tausendfüßler durch die Ritzen im Boden ans Tageslicht krochen.

Ich wollte weg. Weg aus der Hotelhütte, weg von der Wirtin, weg von der lächerlichen Ausstaffierung mit Girlanden und Blinklämpchen, die trotz meiner bemühten Nichtbeachtung doch immer wieder alte Bilder in meine Erinnerungen zurückbrachte. Ich war schon lange hier, zu lange. Wenigstens dieses Jahr wollte ich, wenn schon nicht daheim, zumindest an Weihnachten mit meinen Gedanken allein sein.

Im Laufe der Wochen und Monate, die ich schon in diesem Nest zubringen musste, hatte ich die beiden anderen Dauergäste im Haus getroffen, war es aber leid, mit ihnen eine Unterhaltung anzufangen und sie näher kennenzulernen. Da war ein Asiate, der den Dörflern erstaunlich ähnlichsah. Er kam aus Japan oder Korea – es war mir wirklich egal, woher. Er trug immer einen Packen mit Dokumenten in einer Mappe mit sich herum und fotografierte alles und jedes mit seinem mobilen Telefon. Manchmal schien er für Tage in den Wald zu verschwinden, mitunter allein, des Öfteren aber mit einem einheimischen Begleiter, der ihm das Gepäck schleppte. Ein anderer Gast im Haus war ein schweigsamer, arroganter Amerikaner, der sich jeden Abend besoff. Egal, auch er war keine Gesellschaft für mich. Er hatte eine Pistole. Ich sah das, als sie ihm – er war wieder voll – an der Bar aus der Tasche fiel. Gehörte er zur Polizei, oder war er einer der Regierungsspitzel, die überall herumschnüffelten? War er einer von denen, die Berichte in die Hauptstadt schickten und unbezahlte Rechnungen hinterließen, wenn sie weiterreisten? Oder war er die Vorhut für die Industrie, für eine der unantastbaren internationalen Firmen, die ein neues Projekt im Wald planten? Nein, dafür war er zu geizig und nicht weltgewandt genug.

Ich wollte weg von hier und lieber allein sein, als noch eine Woche oder noch einen ganzen Monat in diesem Nest zuzubringen. Weg aus dieser Holzhütte mit dem Wellblechdach, in der die junge Frau von der Bar einen Schlüssel zu meiner Kammer hatte, um mein Bett zu richten. Sie räumte die Wäsche ein, blätterte in meinen Notizbüchern und spielte an meiner Kamera herum. Sie drückte sich immer länger als notwendig in meinem Zimmer herum.

»Ist noch was?«

»Nein, danke, dann bitte, lass' mich jetzt allein!«

Es fiel mir oft schwer, sie wegzuschicken, denn sie wirkte zu kindlich und zu vertrauensselig, um sie wie ein Huhn zur Tür hinauszujagen.

Wenn ich länger schlief, setzte sie sich zu mir an den Rand meines Bettes und plapperte von allem, was ihr in den Sinn kam. Von dem Dorf, aus dem sie stammte, warum sie ihren Eltern weggelaufen und wie sie mit dem Dampfer flussauf gefahren war. Wie sie eine Schamanin in diesem Urwalddorf gefunden hatte, die ihre erste Abtreibung vornahm; auf den Tag genau an Weihnachten vor vier Jahren. Wie sie zu dem Job in der Bar gekommen war; eine leichte Arbeit, wie sie sagte, und in jeder Weise besser, als an der Küste stinkenden Trockenfisch auf Schnüre aufzufädeln und, wenn Regen kam, schnell unter ein Dach zu tragen.

Uns alle im Hotel, uns Reisende, verband, dass wir – aus verschiedenen Gründen – fast täglich etwas auf der Post zu verrichten hatten. Die sogenannte Post war auch nur eine andere Bretterbude, deren einzige Besonderheit darin bestand, dass im Hof dahinter, zwischen den Bananen-

stauden, eine Satellitenschüssel zum Himmel auf-
blickte, zu irgendeinem Satelliten, der uns vormittags mit dem Rest der Welt verband. Das gelang aber nur dann, wenn Kerosin für den laut
klappernden Generator da war. Der Brennstoff
kam in Kanistern vom Fluss. Der »Postmeister«
sparte an Kerosin, und der Generator lief daher
nur ein paar Stunden am Tag, immer vormittags.

Wir alle aus dem Hotel brauchten den Satel-
litenanschluss, versuchten aber dabei, uns nicht zu
begegnen. Es gab in der Posthütte nur zwei Steck-
plätze für Computer, und es war sinnvoll, so früh
wie möglich dort zu erscheinen, um nicht auf dem
Heimweg vom Regen, der immer mittags und
nachmittags losbrach, durchgeweicht zu werden.

Ich wollte weg und hatte daher meinem Boss
und dem Agenten unserer Firma in der Provinzhauptstadt per Satellit Bescheid gegeben, dass ich
über die Feiertage nicht käme und eine Weile nicht
erreichbar sein würde. Er brauche sich nicht um
mich zu sorgen.

Wochen später, wie befürchtet: Es hatte nicht aufgehört zu regnen, mehr als in anderen Jahren, und
das Wasser im Fluss war weiter gestiegen.

Es war somit unmöglich geworden, das Dorf zu
verlassen, nicht durch den Wald und schon gar
nicht über den Fluss, der mit Booten nicht mehr
befahrbar war. Der Bootssteg, der auf Plastikton-
nen schwamm, drohte jeden Moment von den Hal-

teseilen abzureißen und mit der vehementen Strömung flussab zu treiben. Die zusammengelaufenen Dorfkinder warteten auf dieses Spektakel.

Ich musste einsehen: Weihnachten im Sperrholzhotel war nicht mehr zu vermeiden. Die Wirtin würde sich freuen.

Der Regen hatte seit drei Tagen nicht einmal für eine Stunde aufgehört. Ich versuchte, mich abends allein mit Arbeit am Laptop abzulenken, schrieb seitenlange Mails und Briefe, blieb bis spätabends wach, las oder sah den Bäumen in dem Licht vor meinem Fenster zu, wie sie sich im Regen wiegten. Das Wellblechdach in meiner Kammer tropfte an zwei Stellen, und es war ratsam, die Eimer, die das Wasser auffingen, mindestens einmal am Tag auszuleeren.

Bei dem Lärm des prasselnden Regens auf dem Blechdach überhörte ich das Klopfen an der Tür. Das Mädel von der Bar steckte ihren Kopf herein: Ich möge mich doch bitte unbedingt umziehen und jetzt runterkommen, das Weihnachtsabendessen sei fertig. Die Wirtin erbäte meine Gesellschaft. Die anderen Hausgäste säßen schon zu Tisch.

Da ich keinen guten Grund erfinden konnte, die Einladung abzulehnen, suchte ich das sauberste getragene Hemd aus dem Schrank heraus und machte mich über die knarzende Holztreppe auf den Weg nach unten in die Bar, die jetzt, mit einem großen Tisch in der Mitte, den Speisesaal bildete.

Die Wirtin und Gastgeberin saß am Kopf des Tisches. Der Japaner und der Mann mit der Pistole waren schon früher gekommen, hatten sich bereits die Servietten auf den Schoß gelegt und warteten. Das Brathuhn, mit Hackfleisch und Früchten gefüllt, duftete köstlich; die Beilage: gebratene Süßkartoffeln und gedämpfte Bananenherzen mit Curry. Gekühltes Bier aus Dosen wurde in die Gläser gefüllt, Kerzen flackerten auf dem Tisch.

Neben den Hotelgästen saßen drei andere Herren zu Tisch, vermutlich wichtige Männer im Dorf oder von der Verwaltung flussab. Oder womöglich von der Ausländerbehörde. Einen davon kannte ich. Es war der Wachposten vom Bootssteg, der sich immer groß aufspielte, die Waren zählte, Boote aufschrieb und für alles und jedes Geld verlangte. Ich erfuhr, dass einer der drei Einheimischen den gleichen Vornamen wie ich trug: Kaspar. Die anderen Namen waren zu lang für mich, um sie zu behalten. Die Stimmung war steif und schweigsam.

»Lasst uns ein Gebet sprechen, bevor wir anfangen«, sagte die Wirtin, um von der gespannten Stille abzulenken. Sie hatte sich sichtbar Mühe gegeben, an diesem Tag besonders gepflegt auszusehen, trug ein dunkles Kleid mit einem großformatigen Blumenmuster und hatte – was ich an ihr bisher nie gesehen hatte – etwas Rouge auf die Wangen gelegt und die Andeutung einer Frisur –

sie hatte sich die Haare geföhnt. Sie zeigte ihre weibliche Seite.

Mitten im Gebet – das »Herr, wir danken Dir für ...«, beziehungsweise das »*Bismillah alrahman alrahim* ...«, in anderen Teilen der Welt, war kaum fertig ausgesprochen – ertönte unbekannter Lärm vom Hof. Stöhnen, Schreie, die vermutlich nicht von einem Menschen und noch weniger von einem Tier stammen konnten. Ein Radau, wie wenn jemand stürzte, sich von außen gegen die geschlossene Tür warf, dort zusammensank und wimmerte. Wir erschraken. Ein Unfall? Ein Verbrechen? Mir fiel sofort der Zeitungsausschnitt wieder ein, den mir jemand im Büro zugesteckt hatte. Ein Überfall?

Der Amerikaner mit der Pistole stürmte voran zum Hinterhof, zu der Tür, von der der Lärm kam, etwas betrunken und daher furchtlos im Angesicht der Gefahr.

Nichts dergleichen, alles anders: Es war die trächtige Sau, die sich im Hinterhof ein Lager bereitete, um mit Ferkeln niederzukommen. Der Koreaner, offensichtlich mit solchen Situationen vertraut, kauerte sich neben das Schwein und massierte den Unterleib und die Zitzen, was der Sau erkennbar wohltat. Momente danach: Das erste Ferkel, dann, jeweils nach zehn, fünfzehn Minuten, wieder eines. Insgesamt drei. Die Sau lag jetzt seitwärts auf ein paar trockenen Säcken und etwas Styrofoam und brummte erschöpft, aber ruhig. Die blutige Nachgeburt zeigte das Ende des Abferkelns an. Der köstliche Braten, weiterhin unangetastet auf dem Tisch, war darüber kalt geworden, unsere Stimmung jedoch durch das unerwartete, aber an sich freudige Ereignis ungemein gelockert und aufgehellt. Wir schwatzten, stellten uns gegenseitig vor. Mehr Bier wurde ausgeschenkt, und wir erzählten von unserer Vergangenheit.

Dabei erfuhr ich, dass der Koreaner früher als Tierarzt gearbeitet hatte und jetzt, nach einem Zusatzstudium, hier im Urwald das Tierleben, oder besser gesagt das Aussterben hoffnungslos bedrohter Arten, studierte und mit Bildern dokumentierte.

Der Amerikaner outete sich im Gespräch als heimlicher Hippie. Er war aus der *corporate world* von Atlanta in den Dschungel weggelaufen, um seinem Leben eine neue Bedeutung zu geben oder diesem ein Ende zu setzen; er sprach inzwischen verworren und undeutlich. Die junge Frau, die ihn stets an der Bar bediente, hatte nicht nur seinen Geist aufgerichtet und war hierüber in andere Umstände geraten. Sie gab ihm so ein neues Leben im Urwald. War dieses Festessen womöglich eine Verlobungsfeier?

Die drei Fremden hatten Geschenke für die Wirtin mitgebracht und packten sie jetzt aus: Ein Säckchen mit ungewöhnlichen Kräutern zum Räuchern, die im Dorf unmöglich zu bekommen waren und die man rechtzeitig, Monate zuvor in China

oder Taiwan, bestellen musste. Das zweite Gast-
geschenk war eine Art von Duftwasser, das sowohl
gute Laune bereiten als auch böse Geister vertreiben sollte, wenn man es über einem Teelicht
langsam verdampfte. Derlei Konsumartikel gab es
nur in der Hauptstadt zu kaufen, es sei denn, man
bestellte sie irgendwo und ließ sie von der Post an-
liefern. Die Räucher- und Duftsachen hatten eine
praktische Seite, denn, so sagte man, sie sollten
helfen, die Mücken zu vertreiben. Das dritte Ge-
schenkpäckchen enthielt Gold, eine Art Amulett,
für die Frau des Hauses, das sie sofort anlegte.

Im Laufe des Abends diskutierten wir ausge-
lassen, welche Namen wir den Schweinchen geben
könnten, obwohl wir uns nicht im Geringsten im
Klaren waren, ob die Ferkel weiblich oder männ-
lich waren. Der Namensvorschlag »Donald« wurde sofort abgelehnt, gleichermaßen »Queen Lati-
va«. Andere Ideen waren Baxter, Baster und Bus-
ter oder Sokrates, Thales, Epikur – und Perse-
phone für den Fall, dass eines der Ferkel weiblich
sei. Wie zu erwarten, fand die Debatte kein Ende,
aber wir hatten unseren Spaß. Die Wirtin spen-
dierte freigiebig Schnaps aus der Bar, ohne wie
sonst den Konsum akribisch aufzuschreiben. Der
Amerikaner, jetzt mit kleinen, glasigen Augen,
freute sich.

Die Muttersau im Hinterhof, inzwischen wieder bei Kräften, labte sich an den Resten vom
Tisch, an den Süßkartoffeln und Bananenherzen.

Die drei Ferkel raschelten in ihrem Korb mit einge-
streutem Zeitungspapier. Sie quiekten schweinisch
und freuten sich sichtbar und hörbar ihres gerade
begonnenen, neuen Lebens. Weihnachtsfreude!

2

Der Fremde

Ich begegnete dem Mann erstmals bei einer kleinen Versammlung, die die evangelische Gemeinde des Ortes organisiert hatte. Es war ein kalter, regennasser Herbsttag im November. Beschauliche Tage vor dem erwarteten Rummel der Adventszeit, danach die Kulmination der Saison, Weihnachten, gefühlt mindestens drei

Tage, die Gottesdienste zum Jahresende nicht ein-
gerechnet.

Der Mann, der in dieser Geschichte beschrieben wird, verbreitete nicht den Eindruck, dass ihm
an religiösen Gesprächen gelegen sei. Er war
schweigsam und wirkte bei unserem Treffen abwesend.

Man sah ihm an, dass er hungrig war. Er tat
sich ungehemmt an den selbstgebackenen Plätzchen gütlich, die einige Frauen zum Tee mitgebracht hatten. Seine Kleidung war alt und abge-
tragen, seine schwarzen Schuhe schwer und klobig
und mit Bindfaden anstatt Schnürsenkeln zusam-
mengehalten. Er saß nach vorne gebeugt da und
richtete den Blick meist auf den Boden. Wenn er
aufsah, war zu erkennen, dass er sich seit Tagen
nicht mehr rasiert hatte. Sein Auftreten und sein
Erscheinungsbild passten eher nicht zu der Versammlung der artigen Stadtmenschen und Bil-
dungsbürger, die nach dem immer früheren Ein-
bruch der abendlichen Dunkelheit zusam-
mensaßen, um entspannt bei Tee und Kuchen die
drängenden Fragen der Woche durchzusprechen.
Motivierte Menschen, die ihre regennassen Mäntel
brav an den Garderobenhaken im Vorraum aufge-
hangen und ihre Regenschirme ordentlich zum Ab-
tropfen in den zu diesem Zweck vorgesehenen
Ständer gestochert hatten.

Andererseits bot der Fremde den frommen Ge-
meindemenschen eine Gelegenheit, ihre selbstlose

Nächstenliebe, wenn auch aus sicherer Entfernung, zu praktizieren.

Die Diskussionen plätscherten dahin, kein Thema war strittig genug, um wenigstens ein einziges Mal eine lebendige Debatte im Gemeinderat zu entfachen. Der Kirchenvorstand beriet über Allerweltsthemen:

»Ist der Strom für das Gemeindehaus und die Kirche schon bezahlt?« Oder: »Sollte man die Außenbeleuchtung abschalten, um Strom zu sparen?« Und: »Wer besorgt den Christbaum für das Gemeindehaus?«

Weitere Fragen wurden aufgeworfen und brauchbare Antworten gesucht:

»Wer holt die Organistin am nächsten Sonntag in ihrem Dorf mit dem Auto ab und fährt sie nach der Messe wieder heim? Oder sollte sie sich lieber ein Taxi rufen, und wir ersetzen ihr dann die Kosten?« Niemand aus der Gemeinde schien bereit, den Fahrdienst zu erledigen. Schweigen im Raum.

Die silberhaarige Dame mit dem grauen Seidenschal, die die Frauenstimmen im Kirchenchor vertrat, nutzte den Moment und wandte sich an den Fremden:

»Möchten Sie noch etwas Tee? Ich kann noch eine Kanne aufgießen ...« Sie schwenkte die fast leere Teekanne vor seinem Gesicht.

Der schweigende Sonderling vermied den Blick der silberhaarigen Dame, schüttelte den Kopf, aber antwortete nicht. Andere betuliche Versuche, ihn in das Gespräch der Gruppe einzubinden, waren ebenso vergeblich:

»Mögen Sie meine Plätzchen?«, fragte eine andere Dame, die sich mit ihrer bunten Strickweste betont von den übrigen Anwesenden, alle in rentnerbeigefarbener oder neutral-grauer Kleidung uniformiert, abhob.

»Die habe ich erst gestern gebacken. Nach einem Rezept meiner Großmutter.«

Der Unbekannte nickte kaum sichtbar und griff ein weiteres Mal in die mit Backwaren gefüllte Pappschale aus Weihnachtsgeschenkpapier. Dabei sah er kurz auf. Sein Blick traf sich dabei mit dem der fragenden Frau. Es war seine Art, zu sprechen und sich zu bedanken.

Die Frau vom Sopran versuchte es weiter:

»Dürfen wie Sie in zwei Wochen wieder hier begrüßen? Dann werden wir hier eine kleine Adventsfeier abhalten. Sie sind dazu herzlich willkommen.«

Bestand sie auf einer Antwort oder bemühte sie sich, um die Stimme des namenlosen Gastes zu hören? Verstand er, was gesprochen wurde, oder war er in einer anderen, einer fremden Sprache zu Hause? Es war eine einseitige Konversation, aber die Sopranistin gab nicht auf:

»Sie dürfen gerne Ihre Frau mitbringen ...«, und, nachdem der Fremde mit einem erschrockenen Gesichtsausdruck geantwortet hatte, verbesserte sie schnell:

»... oder Ihren Freund. Oder einen Bekannten, ganz wie Sie wollen«. Immer noch keine Antwort. »Sie müssen wissen, dass Sie hier bei uns jederzeit willkommen sind. Unsere Tür ist zu allen Zeiten offen.«

Das waren gleich zwei kleine Lügen, denn das Haus war tagsüber meist abgeschlossen, und weder die Sopranistin noch die anderen in der Versammlung fanden die Gesellschaft des schweigenden fremden Mannes allzu bereichernd. Es war nur eine Geste vom Wühltisch freundlicher, aber inhaltsloser christlicher Floskeln.

Der Fremde kam wieder zur nächsten Zusammenkunft, der Adventsfeier. Er hatte sich für diesen Abend sauber rasiert. Es schien, als besuche er das vierzehntägliche Beisammensein, um für zweieinhalb Stunden in einer warmen Stube zu sitzen, Tee zu trinken und vom Christstollen zu naschen. Dieser Eindruck verfestigte sich dadurch, dass er als einer der Ersten kam und sich in Armeslänge des langen Tisches postierte, auf dem nachher das Weihnachtsgebäck aufgetischt werden sollte.

Die Feier war gut besucht. Der Chorleiter, der sonst nie Zeit hatte, war mit seiner Frau gekommen. Sie saßen mit der Organistin zusammen und fanden sich schnell in ein lebhaftes Gespräch.

Geklapper in verschiedenen Klangfarben und mit wechselnder Lautstärke aus der Teeküche, in deren Enge sich vier Frauen zu schaffen machten, versprach Weihnachtsgebäck in Mengen. Während die versammelten Gemeindemitglieder auf die vollen Kuchenteller warteten, wurden Tannenzweige auf den Tischen verteilt, dann gelbe und rote Kerzen dazu gestellt und eine nach der anderen umständlich angezündet.

Nach geraumer Zeit brachten die Frauen das erwartete Gebäck aus der Teeküche, dazu Becher und Tee in Kannen. Als sich die Düfte von den Tischen zu einem weihnachtlichen Wohlgeruch zusammenfanden, stand der Vorsitzende des Gemeinderates von seinem Stuhl auf.

»Wir werden erst beten und danach zwei oder drei Lieder singen, die zu dieser Zeit im Jahreskreis passen.« Geraschel aus der Ecke, in der die Organistin mit dem Chorleiter zusammensaß. Notenblätter wurden verteilt, die Anwesenden erhoben sich, um sich durch lauten und mehrstimmigen Gesang auf die vorweihnachtliche Zeit und die würzigen Plätzchen samt Kuchen einzustimmen.

Der fremde Mann hatte die ganze Zeit unbewegt auf seinem Stuhl gesessen und teilnahmslos vor sich hingeschaut, war aber zum Gebet und zum Gesang mit der Gemeinde aufgestanden. Bei den Gebeten hatte er die Lippen bewegt, aber nicht in den Gesang mit eingestimmt. Kannte er die Lieder?

Unter der Einwirkung von Tee (drei Varianten: schwarz, grün und als Rauchtee), Butterplätzchen, Lebkuchen, dem Geruch von Zimt und Muskat entwickelte sich ein tummelndes, gemütliches Beisammensein, in dessen Verlauf sich das anfängliche Gemurmel in einem langen Crescendo bald in ein lautes Stimmenwirrwarr verwandelte.

Der Fremde hatte sich, wie erwartet, an die Schnitten von Christstollen, hier eine überaus nahrhafte nuss-, rosinen- und marzipanreiche Interpretation des Rezeptes, herangemacht. Ich sah, er hatte Hunger. Zwei Frauen, die silberhaarige Altistin und eine bislang unauffällige Dame aus der Gruppe der Sopranstimmen, setzten sich beiderseits neben den Fremden. Zunächst kam es nicht zu dem angestrebten Nächstenliebe-Gespräch mit dem unbekannten Mann, der den Mund mit Backwerk und Tee voll hatte.

»Sie sind hier immer herzlich willkommen. Jederzeit«, begann die Altstimme die Unterhaltung. »Ich möchte Sie auf unsere Teeküche zum Frühstück und die Tafel zu Mittag aufmerksam machen. Wenn Sie niemanden haben, der für Sie kocht, dann kommen Sie einfach zu uns. Die Tafel ist im Nebengebäude, der Eingang über den Hof. Dort werden keine Fragen gestellt, Sie brauchen nichts zu sagen und nichts zu bezahlen.«

Zur großen Überraschung der Damen antwortete der Mann mit verhaltener Stimme:

»Danke. Das ist äußerst freundlich von Ihnen. Aber im Moment komme ich alleine problemlos zurecht. Ich kann kleine Gerichte für mich selbst und für meine Tiere kochen. Eigentlich brauche ich zurzeit keine Hilfe.«

Der Mann, der uns so fremd erschien, bediente sich jetzt ohne Schwierigkeiten unserer Sprache, ohne ausländischen Akzent (ich hatte einen harten ost-europäischen Zungenschlag erwartet), und er schien aus einer Gegend im Süden unseres Landes zu kommen. Kein Fremder, nein, nur ein Mensch, der meist unsichtbar war, eine Seele, die niemand kannte.

»Ich komme gerne zu Ihren Abenden. Das erinnert mich an die guten Zeiten, als ich eine Frau und eine Familie hatte. Jetzt ist alles anders. Aber ich will nicht weiter drüber nachdenken. So wie es ist, soll es gut sein. Der Herr wird es richten.«

Solche Ausführungen erregten Neugier aufseiten der singenden Damen, weitere Fragen wurden gestellt:

»Was ist mit Ihrer Frau?« Und, ohne die Antwort abzuwarten, fragte die andere Dame: »Und wo sind Ihre Kinder? Erwachsen? Aus dem Haus? Verheiratet?«

Man sah dem Fremden an, dass es ihm unangenehm war, ausgefragt zu werden, aber die Situation erlaubte nicht, dass er aufstand, dazu waren Stühle und Tische zu eng beieinander. Deshalb blickte er stumm vor sich auf den Boden, mit dem Wunsch, wie ich annahm, dass das Verhör bald enden möge.

Mehr Tee wurde hereingebracht und angeboten.

»Darf ich Ihnen nachschenken?«, fragte eine andere Dame, die sich bislang an dem Gespräch nicht beteiligt hatte. Sie versuchte, die steife Situation zu entspannen, was ihr sogar gelang, denn das Gespräch wandte sich jetzt weniger existentiellen Themen zu, wie Plätzchenrezepten und Geschenkpapierideen. Die Gesprächsrunde vermied, die unausgesprochene Frage, die jahreszeitgemäß im Raum stand, an den Fremden zu richten:

»Was machen Sie an Weihnachten? Wie werden Sie die Tage verbringen?«

An diesem Punkt nahm die Unterhaltung eine nicht erwartete Wendung. Der Fremde:

»Kommen Sie zu mir, bitte. Besuchen Sie mich zu Hause. Ich wohne nicht weit weg, nicht mal zehn Minuten zu Fuß.« Er lud uns zum Gegenbesuch zu sich nach Hause ein.

Die drei Damen, die um den Fremden herum saßen, sagten zögernd zu, eine nach der anderen. Ich war dem Gespräch unbeteiligt gefolgt, doch jetzt baten mich die Damen, die von ihrer eigenen Forschheit selbst überrascht schienen, sie bei diesem Hausbesuch zu begleiten. Bedenken. Es sei besser so, wurde gemurmelt. Ein Termin wurde vereinbart; der letzte Samstag vor Weihnachten, am besten am späten Nachmittag. Der Fremde beschrieb den Weg zu seiner Wohnung, die er verhalten als Behausung bezeichnete. Er riet uns, eine Taschenlampe mitzubringen, der Weg zum Eingang sei etwas dunkel. Ich war mit dieser Gegend der Stadt vertraut, kannte aber nicht den schmalen, dunklen Gang zu seiner Bleibe, den er uns beschrieb.

Der Eingang zu dem Schuppen, der Hütte oder dem Verschlag, in dem er hauste, war von außen kaum zu finden. Er verbarg sich unter einer Anhäufung von leeren Säcken und anderem textilähnlichem Unrat, der den Zugang nur dann freigab, wenn man den Haufen zu Seite schob. Das Fehlen eines vollständigen Türblattes überraschte unter diesen Umständen nicht weiter.

Dahinter – perfekte Dunkelheit, bis der Mann, der hier hauste, eine Lampe anschaltete, deren trübes Licht den Gang und die Umgebung nur unzureichend erhellte. Die Wohnung war unordentlich, unsauber, ein Chaos. Alles verriet das Durcheinander, das sich um einen Menschen entfaltet, dem der Griff auf sein eigenes Leben schon lange entglitten war.

Nächstenliebe hin, Mitleid her, dieser Besuch war ein Fehler, wir hätten nicht herkommen sollen. Zu spät.

Das monumentale Sammelsurium an Gegenständen im Raum war nur schwer zu beschreiben, ich will es aber trotzdem versuchen: Eine nackte Birne mit der Leuchtkraft eines Glühwürmchens warf einen blass-gelblichen Schimmer auf einen Gang, in dem getragene Schuhe, Herren und Damenware verschiedener Größen, an der Wand aufgereiht waren; gegenüber Kartons und Bündel gebrauchter Kleidung. Das schwache Licht fiel auf Haufen weicher Materialien, Stoffe, Säcke, Taschen, Damenhandtaschen, Gürtel und derlei mehr, das zu einem Teil in Schachteln und Einkaufstüten verpackt, zu einem größeren Teil aber auf dem Boden verstreut war. Wir gaben uns Mühe, nicht darauf zu treten.

Ich erschrak, als etwas haarig-Flauschiges meinen Kopf streifte: Es waren Kleider, die an Stangen von der Decke hingen.

»Kommt bitte rein. Hier ist nicht alles perfekt und in Ordnung, aber ihr seid geschätzte Gäste in meinem Heim. Ich hatte schon lange keinen Besuch mehr. Das Leben ist dunkel und farblos, wenn man niemanden zum Reden hat.«

Sobald eine weitere Lampe angeknipst war, raschelte und knisterte es an verschiedenen Stellen; das typische Geräusch von Ratten (oder Mäusen?), die vor dem Licht und den fremden Besuchern in ihre Ecken flohen. Das Geraschel dauerte Minuten; es waren viele Nager in der Hütte. Die drei Damen vom Kirchenchor hatten große Mühe, ihren Schrecken und ihre Abscheu zu verbergen.

»Ach, stört euch nicht daran. Das sind meine Freunde, sie leisten mir Gesellschaft, ich rede oft während der Nacht mit ihnen. Das ist besser, als alleine zu sein.«

Leicht gesagt. Es wäre ohne weiteres möglich gewesen, die Ratten wie selbstverständlich zu ignorieren, wenn da nicht dieser Geruch gewesen wäre, stechend und zugleich süßlich, der durch den Raum waberte und sich mit der Ausdünstung von Mottenkugeln und Schuhputzmitteln vermischte. Es roch immer dann am intensivsten, wenn sich einer von uns bewegte oder – das war unvermeidlich in der Enge des Raumes – etwas an der Wand oder am Boden berührte oder gar umstieß.

Mein Vorurteil gegenüber Männern dieser Ausprägung erwartete leere Flaschen von Wein, Bier, Schnaps aufgereiht im Korridor, nach Farben für den Altglascontainer vorsortiert, Pfandflaschen daneben, fertig in einem Korb. Nichts davon. Zumindest aufgrund der vorliegenden Anhaltspunkte schien es angebracht, Alkoholabhängigkeit auszuschließen.

»Kommt, setzt euch bitte hier hin, ich koche erst mal Tee für uns.« Die angebotenen Sitzge-

legenheiten waren Reste alter Sessel ohne Rücken-
lehne und dicke Bündel von textilen Materialien
auf Getränkekisten, die mit Tüchern abgedeckt
waren. Darunter raschelte Papier, in unserer Vor-
stellung alte Zeitungen.

Nur um des Redens willen und um eine Unterhaltung in Gang zu bringen, fragte die Altstimme
mit dem grauen Seidenschal, den sie jetzt vor
Mund und Nase gezogen hatte:

»Wo sind denn die Tiere, von denen Sie gesprochen haben und für die sie manchmal kochen,
wie Sie uns erzählt haben?«

Der Fremde, dessen Namen wir immer noch
nicht erfahren hatten (er hatte sich nie vorgestellt
und wie hatten es versäumt ihn zu fragen), ließ
sich mit seiner Antwort Zeit, so als ob sie ihm
schwerfiele oder die Frage ihn verletzt hätte.
Dann, nach einer Weile des Schweigens:

»Ja, die Tiere. Ich liebe sie alle. Man sieht sie
nicht in der Dunkelheit. Sie sind überall hier.
Früher hatte ich einen Hund. Der ist verschwunden. So wie meine Frau.« Die Reihenfolge der Auf-
zählung, überraschte.

Der Mann stellte Gläser für den Tee und eine
Zuckerdose auf den Tisch.

»Ich habe was zum Knabbern dazu«, und nach
einer kurzen Pause: »Die habe ich selbst gemacht!« Der Nachsatz klang wie eine Drohung.

Wir sahen uns in der Fast-Finsternis an, denn allen ging der gleiche Gedanke durch den Kopf:

»Wie kommen wir hier wieder raus, ohne abweisend zu wirken und ohne die angebotene Gastfreundschaft auszuschlagen und den freundlichen Mann zu brüskieren?«

Während wir auf den Gedankenblitz einer guten Idee warteten, schickten wir uns vorsichtig an, uns um den Tisch – ein wackeliges Brett, das auf einem Haufen anderen Unrates ruhte – niederzulassen, was unter den beschriebenen Umständen kein unkomplizierter Vorgang war, sondern eine gewisse Balance erforderte.

In der Zeit, in der der Mann weiter am Herd hantierte, um den Tee zu brühen, ergab sich die Gelegenheit, uns frei umzusehen, ohne von seinem durchdringenden Blick verfolgt zu werden und ohne das Gefühl, uns rechtfertigen zu müssen, weil wir seinen kauzigen Habseligkeiten so viel Interesse entgegenbrachten. Unsere Augen gewöhnten sich weiter an die Dunkelheit. Wir konnten uns vorstellen, dass der Mann im Laufe der Zeit allerlei Gegenstände vom Sperrmüll in seine Hütte getragen hatte, aber niemand hatte den Unbekannten je an den einschlägigen Sammelorten gesehen. In dieser kleinen Stadt wäre das nicht unbeobachtet geblieben. Dahingegen waren die Sachen, die sich in der Hütte stapelten, nicht das, was man gemeinhin im Müll aufliest, sondern eher wie

Warenreste aus Geschäften, die ihren Betrieb auf-
gegeben hatten.

Im Hintergrund, der allmählich erkennbar
wurde, standen, teilweise mit einem dunklen Fet-
zen abgedeckt, ein Kleintierkäfig, in dem einmal
ein Meerschweinchen, Hamster oder ein Vogel
sein tristes Leben gefristet haben mochte. An der
Wand, griffbereit, Werkzeuge, Messer, kleine Sä-
gen, Stemmeisen, die sowohl aus einer patholo-
gischen Arbeitsstätte als auch aus einer Schreine-
rei stammen könnten.

Die Frau, die letzte Woche die Kongregation
mit dem bunten Strickpullover überrascht hatte
(heute nicht in bunt), kam von ihrer Inspektions-
tour im hinteren Bereich des finsteren Kabuffs zurück. Sie habe Knochen gesehen, etwas wie einen
Schädel ohne Unterkiefer, sicher aber zwei mittel-
große Hundekadaver, einer frisch und der andere
fast vollständig skelettiert, der abgezogene Balg
daneben, wie sie uns im Flüsterton berichtete.

»Wo sind wir hier hingeraten? Ist das die Falle
eines Massenmörders, der drei frische Opfer für
seine finsteren Taten in seine Höhle gelockt hatte?« Wir sprachen nicht, aber hatten die gleichen
Gedanken. Aufstehen und unter irgendeinem er-
fundenen Vorwand weggehen? Flüchten? Schrei-
end wegrennen?

»Hier, bitte!« Der Fremde stellte einen Teller
mit Kleingebäck auf den Wackeltisch: »Greifen Sie
zu!« Es war uns nicht danach, auf seine Aufforde-

rung einzugehen und die Plätzchen zu kosten. Die grau bestrickte Altstimme, die inzwischen unsere Delegation emotional anführte, stellte eine Tüte mit Weihnachtsgebäck der evangelischen Gemeinde auf den Tisch:

»Hier, wir haben Ihnen auch etwas mitgebracht.« Diese Geste befreite uns von dem Zwang, an seinen Plätzchen unbekannter Zusammensetzung knabbern zu müssen. Die Altistin gab sich Mühe, die Situation zu entspannen. Zum Allermindesten wurde kein Hackebeil über unseren Köpfen geschwungen, versteckte Falltüren waren in diesem Kabuff unmöglich (weil mit Krempel total vollgestellt) und Garrotte-ähnliche Würgeschlingen aus Stahldraht nicht denkbar. Gift? Wir hatten unsere eigenen Plätzchen.

»Erzählen Sie uns doch ein wenig von sich«, bat unsere Altistin. »Wir hatten bis jetzt nicht die Gelegenheit, Sie wirklich kennenzulernen.«

Der Fremde schluckte; er war sichtlich nicht auf diesen Vorstoß in der Konversation vorbereitet.

»Ich bin aus der Gegend hier.« Er nannte einen Ortsnamen, ein winziges Dorf, das nur mit dem Bus zu erreichen war.

»Ich habe früher mal ein paar Semester Medizin studiert, danach Biologie, aber nichts abgeschlossen. Dann hatte ich eine Hilfsstelle in der Uni. Ich glaube, die hatten nur Mitleid mit mir, denn ich konnte ja nichts und sie mussten mir alles umständlich zeigen und erklären.«

Er nahm einen Schluck aus seinem Teeglas.

»Der Job in der Uni hat nicht viel eingebracht, aber meine Frau hatte ein Textilgeschäft, das gut lief, und brachte genug Geld ins Haus. Leider ist sie vor einigen Jahren verstorben. Ganz schnell und unerwartet. Sie war noch so jung, und wir hatten noch so viele Pläne.« Er mühte sich, den Satz zu Ende zu bringen, bevor Tränen seine Stimme zu ersticken drohten.

Immerhin erklärte die Geschichte die Mengen von textilem Ramsch, der überall aufgeschichtet war.

»Ihr Tod hat mich aus der Bahn geworfen. Ich ging wochenlang nicht aus dem Haus, hatte keine Freunde. Erst jetzt, bei Ihrer Teestube ...« Er brach mitten im Satz ab und machte wieder eine lange Pause, bevor er weiter erklärte:

»Eigentlich wollte ich die Sachen (zeigt mit einer fahrigen Geste auf das Textilzeug) verkaufen, aber ich habe es nie übers Herz gebracht. So habe ich wenigstens ein paar Erinnerungen an sie bei mir.«

Die Frau vom Sopran (auch ihren Namen hatte ich nie erfahren) fand als Erste ihre Contenance und Sprache wieder:

»Das ist ja so traurig. Wir konnten ja nicht wissen ...« Eine banale Antwort, aber sie brach das betretene Schweigen, das uns befallen hatte.

»Seit wann ist ihre Frau verschieden?«

»Das ist jetzt über zehn Jahre her. In den letzten Jahren habe ich selbstständig als Taxidermist gearbeitet. Meine Frau mochte das damals nicht, wegen dem Gestank.«

»Ach, das ist ja faszinierend. Was macht ein Taxidermist?«

»Ja, ein Tierpräparator, einer der Tiere ausstopft, für die Uni oder für ein Museum. Die meisten Sachen hängen dann leider doch nur als Jagdtrophäen in verrauchten Kneipen. Das ist schade.«

Eine gewisse freudige Erleichterung ging durch unsere Gruppe, doch keinem Wirrkopf oder heimtückischen Mörder aufgesessen zu sein.

»Manchmal bringen sie mir einen kleinen Hund oder ein Kätzchen, das die Halter nicht aufgeben, sondern lieber für sich daheim im Wohnzimmer immer bei sich haben wollten. Dann sind sie nicht allein. Das macht mich oft glücklich.«

»Warum?«

»Weil ich ihnen das Objekt ihrer Liebe noch eine Weile lang erhalten kann. Etwas, an dem sie ihre Erinnerungen festmachen können. Vielleicht hilft es, dass die Vergangenheit nicht so schnell verblasst. Menschen brauchen das.«

Während er zu uns sprach und noch lange danach, ruhte sein Blick auf den alten Klamotten aus
der Boutique seiner verstorbenen Frau.

3

Ein Zufall?

Diese unglaubliche Geschichte trug sich in Nordafrika zu, genauer: in der Syrte, einer Wüstengegend in Libyen. Zu dieser Zeit befand sich das Land fest im barbarischen Griff des leicht verrückten Diktators Muammar al-Gaddafi und seines Militärs, was es – aus heutiger Sicht – sogar etwas sicherer machte, aber ebenso die Ursache für allerlei schwer nachvollziehbare Umstände war. Zum Beispiel bewunderte ich oft, vor allem, wenn ich nach langen Wochen aus der Wüste in die Stadt und in unser Büro zurückgekommen war, auf dem Weg zur Arbeit die weiblichen Truppen, die sich um die Sicherheit des Herrn Diktators sorgten: Sie exerzierten in engen, grau-gelben Flecktarnuniformen, die im Gelände geeignet waren, die Kämpferinnen verborgen zu halten, aber in der Morgensonne auf dem Exerzierplatz mitten in Benghazi die Mädels mit ihrem offen getragenen, schwarzen Lockenhaar unter der Schiffchenmütze in einem begehrenswerten Licht erschienen ließen. Unerfreulicherweise waren das nur Minuten freudiger Kontemplation in einem langen Tageslauf, der von Stromausfällen, bissigen Streitereien im Büro, leeren Läden und stetem revolutionärem Chaos durchwaltet und von Wüstenstaub ockergelb bepudert war. Der heiße Wind, der Ghibli, pustete Staub und feinsten Sand von der Wüste im Süden über die Stadt, der alles durchdrang. Unvergesslich das knirschende Geräusch, das das mit Feinsand bestäubte Papier im Computerdrucker und in der Kopiermaschine verursachte, bevor das sensible feinmechanische Gerät langsam, fast wie unter Schmerzen, seinen Betrieb aufgab und der Servicetechniker schon wieder herbeigerufen werden musste. Aber das hatte nichts mit dem Zufall zu tun, der in der Überschrift angesprochen wurde, sondern stellte nur ein häufiges Zwischenspiel zum Thema Natur gegen Maschine dar.

Erfreulicherweise brachte ich die meiste Zeit mit Arbeit in der Wüste zu, wo ich Bohrungen, die nach Öl suchten, beaufsichtigte. Die Zeit im Camp bedeutete, trotz aller situationsbedingten Einschränkungen, mehr Freiheit als in der Stadt, besseres Essen, reichlich Platz, um auf der Fläche zu lustwandeln oder zum kindischen Vergnügen in den weichen Sand auf der Leeseite großer Dünen zu hüpfen. Endlich bestätigten sich die Lehren aus dem zweiten Semester Naturgeografie, dass Dünen auf der Leeseite steiler und weicher sind.

Die Bohranlage, bei der ich arbeitete, zog etwa alle zwei oder drei Monate zu einer anderen Stelle um, wobei sich die angeblich eintönige Wüstenlandschaft überraschend abwechslungsreich zeigte. Oft zeigte sich eine bergige Landschaft mit riesigen Basaltbrocken, so zerklüftet, dass weite Gebiete völlig unbegehbar waren. Aber was wollte man auch dort zwischen den Steinen?

An anderen, sandigen Stellen fanden sich öfter mal Spuren von Skorpionen, Schlangen und anderem kriechenden Getier, das sich nachts hier getummelt hatte und nun vor der sengenden Tageshitze irgendwo untergeschlüpft war.

Der Standort, an dem der Bohrturm diesmal aufgerichtet und das Camp drum herum gruppiert war, waren eben, mit einer Oberfläche aus kleinen Steinchen, die aussahen wie Kieselsteine, aber weder Kiesel waren noch aus einem Flussbett stammten, die vielmehr der windgetriebene Sand poliert und kantig geschliffen hatte; für den aufmerksamen Geologen oder Geomorphologen (ein anderes Institut) ein klares Indiz für einen wind-dominierten Ablagerungsraum. Ich will damit sagen: Die Steinbröckchen waren wie alles in der Wüste so ungewöhnlich, dass ich ein ganzes Säck-chen davon einsammelte und später als Erinne-rungsstückchen – nichts ahnend von der Illegalität dieses Tuns – durch alle Kontrollen am Flugplatz in Tripoli brachte.

Es gab viel zu sehen und einiges zu beachten, wie zum Beispiel die Spuren von Skorpionen und Eidechsen im Sand. Hin und wieder fanden sich Artefakte wie Pfeilspitzen oder andere, sichtlich bearbeitete Steine aus irgendeiner vergangenen Kultur. Häufiger lag Schießdraht herum, weiße Leitungen aus dünnem, kupferumhülltem Eisen-draht, der für primitive Reparaturen oder als Ersatz für Schnürsenkel nützlich war. Es waren die Reste, die von seismischen Sprengungen zeugten, aufgrund derer unsere Bohrziele im Untergrund definiert worden waren. Bevor die Seismik-Trupps ihre Linien durch die Wüste zogen, ging ihnen ein Suchtrupp voran, um Tretminen aus Rommels Zeiten aufzufinden und zu sprengen. Wir, die wir ahnungslos durch den Sand liefen, wurden darauf hingewiesen, auf kleine T-förmige Drahtspitzen zu achten, die möglicherweise ein paar Zentimeter weit aus dem Sand ragen könnten. Diese waren die Auslöser von Landminen und früher mit Stolper-drähten verbunden, die inzwischen verschwunden, korrodiert waren, aber nichtsdestoweniger immer noch potenziell gefährlich.

Bevor die eigentliche Hauptbohrung bis auf dreitausend Meter und tiefer losging, wurden an jedem neuen Standort erst einmal zwei kleine Bohrungen für Wasser abgeteuft: Brunnen; Wasser für den Bohrbetrieb und, das war der kleinere Verbraucher, für das Camp, die Dusche und die Küche. Das Wasser stieg immer unter artesischem Druck und ohne Pumpe zur Oberfläche, wo es lustig sprudelte, wenn man den großen Hahn nicht abdrehte. In dem feuchten Sand um die Wasserstellen keimten schon nach Tagen Tomaten, Gurken, Kürbisse aus den Samen im Küchenabfall.

Wasser ist in der sandigen Wildnis das wichtigste Gut, und das ungeschriebene Gesetz der Wüste besagt, dass man niemandem, nicht einmal seinem schlimmsten Feind, das Wasser zum Überleben verweigern dürfe, andernfalls würde Allah einem allerlei Schwierigkeiten in den Weg legen.

So kamen schon nach ein paar Tagen die ersten Beduinen zu uns in das Feldbüro, die die Bitte an uns herantrugen, wir möchten doch die Brunnen am Ende beim Verlassen des Bohrplatzes diesmal nicht mit Beton verfüllen, wie es eigentlich von den Behörden vorgeschrieben war, sondern lieber ihnen überlassen. Ein verständliches Ansinnen. Wir vertrösteten sie auf später, gaben ihnen aber mit, dass wir in ein paar Wochen auf sie zurückkommen wollten.

Die Beduinen hatten ihre Zelte, vom Camp aus sichtbar, in etwa einem Kilometer Entfernung um ein kleines Wasserloch gruppiert. Das war der Moment, in dem der Oberbohrer mit dem Land Rover der Firma seinen Staatsbesuch bei den Beduinen plante. Ich sollte mitkommen. Die anderen Chargen waren mit Wichtigerem beschäftigt; sie zerlegten die Anlage zum Umzug oder pumpten Zement oder Schlamm aus irgendwelchen Tanks.

Wir wurden freundlich, ja herzlich empfangen von den Männern, die einer nach dem anderen aus den Zelten in die helle Nachmittagssonne traten. Hände schüttelten, lächelten, wir hatten keine gemeinsame Sprache, denn unser Rig-Arabisch, das wir von den maltesischen Arbeitern gelernt hatten – meist nur grobe Flüche – war hier fehl am Platz, wir kamen ohne besser zurecht. Wir machten Fotos, Gruppenbilder – immer ohne Damen. Die Beduinenfrauen waren in die dunklen, hinteren Bereiche der Zelte gescheucht worden. Man bat uns herein, bedeutete uns, doch bitte auf den sandigen Teppichen Platz zu nehmen, und eine lebhafte Unterhaltung mit Gestensprache und Worten, die kaum einer Übersetzung bedurften, setzte ein. Die Höflichkeit verlangte, dass wir eine Weile lang, wenigstens eine Stunde, in dem Zelt blieben und uns ihrer Gastfreundschaft erfreuten.

Wir waren in offizieller Mission unterwegs, um den neuen Trinkwasserbrunnen in zehn Tagen zu übergeben. Die Leute gaben sich alle erdenkliche Mühe, sich mit dem Besten, das sie auffahren konnten, zu bedanken. Es wurde süßer Tee in winzigen Tassen serviert. Kleine Plätzchen und Datteln. Danach – nein, bitte, das darf nicht wahr sein – Joghurt aus Ziegenmilch. Ich wusste, dass ich das nicht herunterwürgen konnte. Ich hasste Joghurt, und den Geruch von Ziegen und deren Milch erst recht. Nein! Was sollte ich machen? Ich tauschte meinen Joghurtbecher mit dem leeren des Bohrmuckels, und die Gastgeber taten so, als hätten sie es nicht gesehen. Noch mehr Fotos zum Abschied. Es fuchst mich bis heute, dass die Bilder, drei Rollen zu je 36 Bildern auf Diafilm, in Deutschland auf dem Weg zur Entwicklungsanstalt verloren gegangen sind.

Eine herzliche Entlassung, dann Dankesworte vor den Zelten, deren Sprache wir wieder nicht verstanden, deren Inhalt schon. Gebete. Die bärtigen Männer erhoben die Arme, die Handflächen offen und zum Himmel gerichtet, und sprachen lange, gereimte Sätze, die nach jedem Satz von einigen mit »Amen« hervorgehoben wurden. Heute bin ich sicher – was ich damals nur ahnte – dass diese Begegnung, vielleicht auch das Dankgebet der Beduinenmänner – auf ein späteres Erlebnis Einfluss nahm. Gibt es eine Hand, etwas, das ordnend in unser Leben eingreift?

Nun zu dem unwahrscheinlichsten Ereignis, das mich bis heute nachdenklich stimmt. Ich arbeitete lieber in der Nacht, in der ich die kühleren Stunden des Tages genießen konnte. Während der langen Abende in der Wüste hörte ich auf Mittelwelle Sender aus Deutschland und pflegte auf diese Weise mein Heimweh mit Sendungen, die ich noch kannte und Verkehrsnachrichten, die mich, obgleich in dieser Einöde irrelevant, an Straßen erinnerte, auf denen ich früher täglich unterwegs gewesen war. Ab und zu kam ein Brief aus Deutschland, den anreisende Kollegen aus dem Hauptbüro mitgebracht hatten und der dann – auf oft höchst rätselhaften Wegen – zu mir ins Camp gelangte, wo andere freundliche Kollegen ihn mir auf meinen Schreibtisch legten, an dem ich mit Tusche auf Transparentfolie werkelte, Bohrprofile zeichnete und dabei immer mit dem knirschenden Wüstensand auf meinen Zeichnungen kämpfte.

Dieserart erfuhr ich auch, dass ich wieder, zum zweiten Mal, Vater werden würde. Natürlich wollte ich sofort zu Hause in Deutschland anrufen, aber das war keineswegs so leicht, wie es gesagt ist, denn im Camp gab es kein Telefon, und selbst das nächste Funkgerät war eine Autostunde weit weg und hätte mir in der Situation auch nur wenig genutzt.

Ich lieh mir den klapprigen Land Rover, an dem die Bremsen nur an zwei Rädern funktionierten (»in der Wüste braucht man keine Bremse«) und mit dem ich sonst mittags zum Oxy-Camp fuhr, und machte mich allein (was gar nicht erlaubt war) auf den Weg in das nächste Städtchen (Augila, jetzt Awjilah). Ich wollte telefonieren, wusste aber nicht einmal, wie oder ob dort ein Post- oder Telegrafenamt war. Selbst bei Fern-gesprächen aus dem Stadtbüro oder dem Gästehaus musste man die Nummer in Deutsch-land oft zwanzig Mal und öfter wählen, um einen Anschluss zu erreichen. Später erfuhr ich, dass die Anzahl der Spione, die sich im Dienste der Revo-lutionsregierung immer still in die Leitung schalte-ten, begrenzt war und somit auch die Menge der nutzbaren Telefonverbindungen aus Libyen heraus in die freie Welt. Bei einem Kollegen, der sich auf Serbokroatisch, einer recht schwierigen slawi-schen Sprache, mit seinem Gesprächspartner un-terhielt, wurde die Verbindung von einer barschen Stimme unterbrochen, die ihn auf Englisch fragte, ob er hier Geheimnisse verriete und ob er denn nicht lieber doch Englisch sprechen wollte.

Unterwegs in die Provinzstadt, mit viel Hoff-nung, aber mit wenig Plan. Dennoch, wo ein (fester) Wille war, da sollte sich ein Weg finden. Unbegründete Zuversicht? Die Fahrt von der Bohr-stelle nach Augila dauerte, wenn alles klappte, mindestens zwei Stunden, meist länger. Die schwierigste Stelle meiner Überlandfahrt war die Überquerung einer großen Düne, beziehungsweise deren Reste – fordernd für das Fahrzeug, nicht weniger fordernd für den Fahrer. Noch immer war der Sandrücken hoch genug, um den Blick auf die ersten Häuser der Stadt zu verbergen. Die Fahr-spuren anderer Autos verloren sich hier in dem weichen Sand. Es galt, diese Stelle geschickt und mit etwas Anlauf, aber nicht zu schnell zu über-queren und unter keinen Umständen anzuhalten, aber auch nicht abrupt Gas zu geben. Volle Kon-zentration. Ich war alleine unterwegs, und jeder Fehler könnte fatale Konsequenzen haben. Fahrer-fahrung mit Tiefschnee im Gelände der Oberpfalz half mir, die Stelle zu bewältigen.

Kurz vor dem Erreichen der Stadt begegnete ich einem anderen Auto, das sich in den letzten Ausläufern des Treibsandes festgefahren hatte. Wie es sich in der Wüste gehörte, ja Menschen-pflicht war, stoppte ich und bot meine Hilfe an, die gerne angenommen wurde. In dem Jeep saßen zwei französische Techniker, die mit ihrem arabi-schen Fahrer auf dem Weg zur Küste waren, dann weiter nach Az-Zuwaytinah wollten und, wenn es bei Tageslicht noch zu erreichen war, weiter bis Benghazi – sofern ihr Auto nur wieder aus dem Sand freikäme.

Lochbleche wurden abgeladen und unter dem festgefahrenen Franzosenauto verscharrt, der Fah-rer mit Worten und Gesten instruiert, was er zu tun hätte (»nur ganz wenig Gas geben...« – *très doucement*). Insgesamt drei Abschleppseile wur-den verbunden, so dass ich mit meinem bremsen-losen Rover, der jetzt auf festerem Grund stand, ziehend helfen konnte, die Karre aus dem Treibsand zu schleppen. Es gelang nach kurzer Zeit und relativ wenigen derben Flüchen, die in dreierlei Sprachen in den blauen Himmel über der Szene hinausgeschrien wurden.

Der Wagen kam also wieder frei und war fahrbereit. Während wir unsere Seile und Lochbleche verstauten, kamen wir ins Gespräch. Die Franzosen bauten eine Telefonvermittlung in Augila, fast fertig. Es fehlte nur noch die Endabnahme. Aha.

Was ich denn allein hier wolle?

»Telefonieren. Nach Deutschland.«

Die Fernmelder begegneten meiner Antwort mit ungläubiger Verwunderung und mitleidigen Blicken, wie für jemanden, der zu lange in der heißen Sonne unterwegs gewesen war, befragten mich aber nicht weiter nach den Einzelheiten.

Es war zu verstehen: Ich war ohne Landkarte und ohne Funkgerät allein unterwegs zum Telefonieren in einer Stadt, die nicht einmal ein Postamt hatte (wie ich später erfuhr), in einem Land, dessen Sprache ich nicht verstand – und ohne einen Plan.

Die netten Franzosen nahmen mich zu ihrer Vermittlungsanlage mit, die sie vor Wochen fertig verkabelt hatten, einem Häuschen ohne Fenster und ohne Personal, aber mit einer funktionierenden Klimaanlage, die die Elektronik und uns mir kühler Luft versorgte. Türen wurden geöffnet, und wir gelangten ins Herz der Anlage mit den Verteilerschränken und Schaltkästen.

Einer der Techniker nahm einen Telefonhörer aus seiner Tasche, so ein Gerät, wie es die Außendienstler verwenden, verband es mit Kontakten in einem Schaltschrank und wählte unsere Nummer in Deutschland. Es klappte beim ersten Versuch (vielleicht sogar ohne Mithörer in der Leitung).

Ich war erleichtert, ja glücklich, ein paar Minuten mit meiner Frau in Deutschland reden zu dürfen. Sicher verständlich.

Ich grüble nach vielen vergangenen Jahren immer noch darüber nach, wie unwahrscheinlich diese Kette von glücklichen Umständen war, die es mir ermöglichte, dieses wichtige Gespräch zu führen. Ob die verschenkten Trinkwasserbrunnen, die Gebete für Glück und Wohlbefinden der Beduinen mir etwas bei der Erfüllung dieser außergewöhnlichen Abfolge von Umständen geholfen haben?

4

O Tannenbaum!

Zum Verständnis dieser Geschichte sei vorangestellt: Der Erzähler ist wieder einmal für einige Monate in Deutschland, denn man gruppiert solche Reisevorhaben gerne um die Feiertage zur Jahreswende, um der Verwandtschaft nahe zu sein. Dabei verheddert er sich in absurder Weise in den ihm bislang unbekannten Regularien der korrekten Hausmüllentsorgung.

Um die Ernsthaftigkeit, mit der sich der namenlose ich-Erzähler um die angemessene Geisteshaltung und weihnachtliche Stimmung bemüht, wird die Geschichte mit seichten Reimen eingeleitet:

Ein Tannenbaum, ein Tannenbaum hat viele grüne Blätter.
Der Tannenbaum im Urzustand jedoch noch kein Lametta.
Die Tannen werden abgehackt,
In Nylonnetzen eingesackt,
Die Echten gibts seit Wochen schon,
Aus Plastik die, bei Amazon.

Vom letzten Jahr, in Kisten, Kerzen, Kugeln,
Was jetzt noch fehlt, das muss man googeln.
Der Nordmann-Tannen Dealer fest verspricht:
»Nein, meine Tannen nadeln nicht«.

Vor'm Christbaum kann man singen, rocken,
Noch schlimmer, ist die Raumluft trocken,
Verwelkt die Pracht in ein paar Tagen,
Man kann ihn dann gleich runtertragen.

Am Ende wird der Baum zur Last,
Weil er in keine Tonne passt.

Es war im Januar, Weihnachten seit Wochen vorbei. Ich wohnte in einem winzigen Dachapartment, schräge Wände, vier Etagen hoch, kein Aufzug, Provinzstadt. Das vertrocknete Christbäumchen, das seine romantische Mission längst erfüllt hatte, war nach den Feiertagen in der winzigen Billigwohnung nicht mehr willkommen und sollte endlich entsorgt werden.

Ich hatte mit dem Abfall zu lange gewartet, denn am Donnerstag der Woche zuvor wurden die trockenen und nadelnden Christbäume, Advents-kränze und andere Weihnachtsdevotionalien unseres Stadtteils eingesammelt; ein wohlge-meintes Angebot der städtischen Müllabfuhr. Die schlauen Nachbarn stellten ihre ausgediente Tanne vor acht Uhr morgens an den Straßenrand, neben die Mülltonnen, (»das Lametta bitte vorher ab-machen sonst das ist Sondermüll«), und der sper-rige Abfall wurde bis zum frühen Nachmittag kor-rekt, legal und – auch wichtig – ohne zusätzliche Kosten entfernt. Dummerweise hatte ich diesen Stichtag verstolpert und das trockene, schüttere Bäumchen nahm in meinem Ein-Zimmer-alles-Apartment zu viel Platz weg. Seine abgefallenen Nadeln hatten sich in den Maschen des billigen Teppichbodens (Auslegware) verhakt oder piksten den schlafsuchenden Menschen auf der Wohn-Schlaf-Fernseh-Chaiselongue an schwer erreich-baren Stellen des Körpers.

Hinter der Ecke, in der der Christbaum stand, lag, zu jener Zeit unerreichbar, ein Stapel meiner Bücher, die seit dem Spätsommer für den Müll be-stimmt waren. Die Bücher waren die peinlichen Reste meines Erstlingswerkes (Titel: »Wie man ein Ölfeld findet und damit reich wird«) unver-käufliche Rückläufe, voll von Komma- und Gram-matikfehlern. Eine der Zeichnungen war überdies fehlerhaft und außerdem auf der falschen Seite.

Der Altpapiersammler wollte die edlen, aber misslungenen Druck-Erzeugnisse nicht mitnehmen:

»Nee, da ist zu viel Plastik dran, und der Kunstdruck ...« Er meinte den Schutzumschlag. Das Zeug nimmt niemand, daraus kann man nicht mal ökologisches Klopapier herstellen, das ist zu glatt und nicht saugfähig.«

Ein Versuch, im Dezember nächtens jede Woche ein einzelnes Buch in die Altpapiertonne zu stopfen, wurde vom allsehenden Hausmeister vereitelt. Er legte es, zusammen mit der Hausordnung, wieder auf meinen Treppenabsatz. Ich wurde meine Druckfehlerbücher nicht los.

Selbst wenn ich jede Woche ein Buch in die Restmülltonne geworfen hätte, in der solch angeblich gefährlicher Abfall gesammelt wurde, selbst dann hätte ich ein ganzes Jahr und siebeneinhalb Monate gebraucht, um das bedruckte Altpapier wegzuschaffen. Aber ich hatte einen Plan: Am nächsten Tag sollte alles abgewickelt und entsorgt werden, das Bäumchen mitsamt Buchstapel.

Frühmorgens begann ich mit meiner Arbeit an der trockenen Tanne. Aber nicht gleich. Erst mal Kaffee, Marmeladenbrötchen und die ausgiebige Lektüre der Regionalzeitung. Darin fand ich ein Sonderangebot vom Discounter: »Restposten Plastikweihnachtbäume, komplett mit Lichtergirlanden, nachsaisonal im Preis weit reduziert.«

Ich war schon immer und grundsätzlich gegen natürliche Christbäume, die jahrelang glücklich und zufrieden im Wald aufwuchsen und dann mitten in ihrer jugendlichen Wachstumsphase abgehackt, zu Massen auf Lastwagen in die Stadt gekarrt und dort von Menschen, die sich nach Waldromantik und Tannenduft sehnten, in ihre trockenen, überheizten Wohnungen gestellt wurden. Manch ein Baum wartete vorher Wochen auf dem Balkon, bis er ins Wohnzimmer geschleift und dort mit buntem Glitter behangen wurde, so wie eine Nutte von hinterm Güterbahnhof. Dennoch, am Weihnachtstag ist mein Freund, der Baum, nur ein emotionales Beiwerk, Essen (Fondue?) und Geschenke nehmen einen wichtigeren Platz ein. In unserer modernen Zeit, so urteilte ich, sei ein zusammenklappbarer Plastikbaum vom Billigmarkt, gefertigt in Fernost, in jeder Hinsicht die beste Lösung.

Dieser Baum vom letzten Dezember war vom alten Schlag, natürlich gewachsen, einheimisch, biologisch abbaubar, gut in jeder Weise, nur war seine Zeit eben vorbei, und er verstreute jetzt seine Nadeln überall.

Das Werkzeug lag bereit. Ich wollte die Zweige des Bäumchens mit der Kombizange abzwicken und dann zusammen mit dem kahlen Stamm in einem grauen Müllsack, der für derlei Abfall von der Stadtverwaltung verkauft wird, verstauen.

Nur – es ging nicht! Ich konnte die Zweige einer handelsüblichen Nordmanntanne nicht so einfach mit einer Zange aus dem Billigsegment des Baumarktes abknipsen. Da musste schwereres Gerät, eine Fuchsschwanzsäge aus dem Werkzeugkasten, eingesetzt werden. Wieder machte ich mich mit Schwung an die Arbeit – so schwungvoll, dass jede Bewegung der Säge weitere trockene Nadeln von den dürren Ästchen schüttelte. Es zeigte sich: so ein Weihnachtstannenbaum, selbst dann, wenn er schon schütter aussieht, hat immer noch viele, sehr viele Nadeln.

Mein nächtens ausgeheckter Plan ›A‹, das Zerlegen des Baumskeletts, war fehlgeschlagen.

In ungebrochenem Optimismus und von einer weiteren Tasse Frühstückskaffee motiviert, schritt ich zur Durchführung von Plan ›B‹: Ich wollte den Baum ganz anarchisch irgendwo, irgendwie heimlich abstellen und dort wie zufällig vergessen.

»Das habt ihr davon, ihr kleingeistigen Hausmeister, ...!«, murmelte ich, während ich meinen genialen Gedanken weiterentwickelte.

»Es merkt ja keiner«, dachte ich, »so ein Bäumchen hat ja kein Nummernschild oder einen versteckten RFID-tag, eingewachsen im Stamm.«

Falsch! Als ich den dürren Baum über die vier Stiegen im Treppenhaus geschleift hatte, steckte schon die Frau des Hausmeisters den Kopf (mitsamt bunten und großen Lockenwicklern) aus der Tür:

»Sie müssen aber dann die Nadeln zusammenkehren!« Kein »Bitte«.

»Jaaa ...!« Dumme Zicke, dachte ich.

Nachdem ich das Bäumchen vor der Haustüre kurz abgestellt und Besen nebst Kehrichtschaufel von oben aus der Wohnung herangeschafft hatte, tat ich wie aufgetragen. Ich fegte – gezwungenermaßen, denn die Lockenwicklerfrau beobachtete mich aus ihrem Klofenster, wobei sie genau darauf achtete, dass keine einzige Tannennadel den Gehweg ›eindreckte‹, wie sie es nannte.

Als ich endlich die zusammengefegten Nadeln in die Mülltonne rieseln ließ, rief die Frau aus ihrem Beobachtungsfenster:

»Sie wissen doch sicher, dass die Abholung für alte Christbäume letzte Woche war, oder?« Und weiter – hatte sie meine anarchistischen Gedanken erraten? – »Stellen Sie den Baum ja nicht hier so einfach so irgendwo hin. Sie wissen sicher, dass das strengstens verboten ist?« Ja verboten, ich weiß, aber strengstens? Unter Androhung langer Freiheitsstrafe? Lebenslanges Weihnachtsverbot? Nie mehr Dominosteine?

»Nein, das mache ich ganz bestimmt nicht, liebe Frau Hausmeisterin.« Und mit einem Lächeln, das mir an diesem Morgen relativ gut gelang: »Sie wissen doch, dass ich nicht zu solchen Leuten gehöre.«

Hätte ich doch wenigstens meine Entsorgungs-
aktion nach Mitternacht bewerkstelligt und nicht
im hellen Tageslicht, das diesen frostkalten Morgen beleuchtete. Ich war enttarnt, und meine pri-
mitiven Pläne waren aufgeflogen. Es blieb mir
keine andere Wahl, als das vertrocknete Weih-
nachtsgehölz weiter zu meinem Auto, einem
rostig-weißen VW-Käfer, zu tragen, um es später
›irgendwo‹ wegzustellen.

Ein Käfer hat nur zwei Türen. Das an sich win-
zige Bäumchen erwies sich als äußerst sperrig, als
ich es mit Gewalt, Wipfel zuletzt, auf die Rückbank
des Autos zwängte. Alle Sitze waren voll mit Tan-
nennadeln.

Noch einmal nach oben, um beim Aufgang die
letzten verlorenen Nadeln von der Treppe aufzu-
lesen (»Oh Tannenbaum«, von wegen »grüne Blätter«) und beim Niedergang die Bücher zum Auto
zu tragen. Zweimal, bis mein Sachbuch, das die
Welt verändern sollte, endlich im Fußraum und
auf dem Beifahrersitz meines Alt-Autos verstaut
war. Weich gebettet auf einem Polster aus Tannen-
nadeln.

Ich fuhr los.

Mein täglicher Weg zur Arbeit führte an einem
kleinen Waldstück vorbei. Dort würde die Bio-
masse eines weiteren Nadelbaumes, obschon ver-
trocknet, nicht ins Gewicht fallen – dachte ich. Die
Zufahrt in das Wäldchen, an der ich gelegentlich
gehalten hatte, um mich unbemerkt in der Natur

vom Morgenkaffee zu erleichtern, war wie immer mit einer Schranke verschlossen. Aber heute parkte dort ein Pritschenwagen, in dem zwei Forstarbeiter schweigend mit dem Verzehr ihrer Brotzeit beschäftigt waren; ihr Autoradio spielte frohe Morgenmusik und berichtete von den neuesten Staus und einem Geisterfahrer auf der nahen Autobahn. Ein Arbeiter erspähte das Bäumchen durch das Rückfenster:

»Den wollen Sie doch sicher nicht hier einfach so wegwerfen, oder?«

»Nein, natürlich nicht!« Ich fummelte an den Scheibenwischern herum, so als ob das der Grund meines Anhaltens gewesen sei.

»Darf ich ihnen ein Buch schenken? Oder zwei, eins für jeden von Ihnen ...?« Die Arbeiter begegneten meinem Angebot mit misstrauischem Schweigen.

»Wir dürfen hier im Wald kein Feuer anmachen, jetzt im Winter schon gar nicht.«

»Ich wollte Ihnen die Bücher zum Lesen geben. Sie können sie ja mit nach Hause nehmen, oder weiter verschenken ...«

»Nein, danke, so was brauchen wir nicht, wir haben schon Fernsehen«, war die Antwort.

»Ich kann Ihnen eine Autorenwidmung reinschreiben ...« Nein, besser nicht.

Mein erster Versuch an diesem Morgen, den Christbaum oder beides, Christbaum und Bücher zu entsorgen, war gescheitert.

Schon mein allererster Versuch einer nicht-systemkonformen Entsorgung war kläglich fehlgeschlagen und damit schwand auch mein vom Morgenkaffee aufgeblähter Optimismus. Weiter!

Mein Weg führte jetzt über ein Stück Autobahn; ohne Stau, anders als sonst oft um diese Zeit. Wegen der Weihnachtsferien, dachte ich. Ein bewirtschafteter Rasthof und vier weitere Parkplätze lagen an der Strecke. Ich hielt auf dem ersten Parkplatz. Es war kein anderes Auto zu sehen, niemand, der meine Schandtat beobachten und mein Nummernschild aufschreiben könnte, um mich zu verpetzen. Die Lage erschien überschaubar und unbedenklich. Um den Baum aus dem Auto herauszubringen, musste ich ihn auf der Fahrerseite durch die Tür zerren, damit sich die Zweige nicht wie Gräten eines Fisches entgegenstellten und im Rahmen verhakten. Die Bücher konnte ich nicht so einfach hinter die Büsche werfen, denn mit meinem Autoren-Klarnamen auf der ersten Seite und anderen Einzelheiten wäre es nur zu leicht gewesen, mich als Umwelt-Missetäter zu identifizieren. Ich hatte es fast geschafft, als ein Polizeiwagen von der Autobahn kam und auf den Parkplatz bog. Die Beamten machten sich nicht die Mühe, auszusteigen. Sie hielten mit laufendem

Motor dreißig, vierzig Meter hinter mir und sahen meinem Ringkampf mit dem Baum zu.

»Gut, ich habe verloren«, sagte ich mir und stopfte den Baum wieder, Strunk voraus, zurück auf die Rückbank.

Die Nadeln auf dem Fahrersitz piksten. Ich wartete einige Minuten, hörte dem Vormittagsprogramm im Radio zu und behielt die frühstückenden Polizisten via Rückspiegel weiter im Blick. Ich beobachtete, wie einer der Beamten eine Tüte mit Backwaren zur Hand nahm (aus einer bekannten Bäckerei, wie ich an dem Aufdruck erkennen konnte) und der andere Ordnungshüter eine Thermosflasche öffnete. Sie genossen ihre frischen Semmeln und Apfelplunder und sahen mir weiter aufmerksam und, wie ich vermutete, belustigt zu.

Ich fuhr wieder auf die Autobahn, weiter bis zum nächsten Parkplatz und wartete. Zwanzig Minuten lang passierte nichts. Als ich auch nach einer halben Stunde noch allein war, schöpfte ich Mut. Ich würde doch noch zu meiner geplanten Ordnungswidrigkeit schreiten und das Bäumchen illegal verschwinden lassen können, im Gebüsch, nur fünfzehn Schritte von der Beifahrertür entfernt.

Im selben Moment, da ich die Autotür schon weit geöffnet hatte, rollte der Polizeiwagen von vorhin langsam auf den Parkplatz, die Bäckereitüte weithin sichtbar hinter der Frontscheibe. Und dann warteten wir. Ich auf das Verschwinden der

Ordnungshüter, und sie darauf, mich über Apfel-taschen und Wurstsemmeln hinweg in flagranti bei einer Straftat oder wenigstens einer groben Ordnungswidrigkeit zu ertappen.

Bald hatten die Gesetzeshüter ihr Frühstück beendet. Ich beobachtete im Spiegel, wie einer der Herren die Papiertüte und anderen Unrat vorbild-lich in einer grünen Mülltonne der Autobahn-meisterei entsorgte. Dann legte er die paar Schrit-te zu meinem Auto zurück und tippte an meine Fensterscheibe.

»Ist bei Ihnen alles in Ordnung?«

»Ja, doch, danke alles gut, alles in Ordnung ...«

»Wir dachten, vielleicht ist was an Ihrem Auto, dass Sie sich so von Parkplatz zu Parkplatz schleppen?« Ich sah in seinem Gesicht, wie der Christbaum auf dem Rücksitz seine Aufmerk-samkeit erregte. Er sagte nichts.

»Wollen Sie meinen Führerschein sehen?«, fragte ich.

»Nein, warum?«

»Oder meinen Kraftfahrzeugschein?«

»Nein, warum? Es ist doch alles in Ordnung bei Ihnen, oder?«

»Ja, doch, ...«

»Dann wünsche ich Ihnen eine gute Weiter-fahrt und einen schönen Tag noch.«

»Danke!«

Das war also meine nachweihnachtliche Begegnung mit den Hütern von Gesetz, Sitte und Verkehr. Während ich den Motor anließ, um weiterzufahren, überlegte ich, ob der nette Herr Wachtmeister durch den Genuss der süßen Backwaren und des Kaffees so freundlich gestimmt oder ob er von Natur aus ein gutmütiger Mensch war.

Wie weiter?

Alle meine ausgeklügelten Pläne, von der Kombizange bis zum Fortschmeißen an der Autobahn, waren fehlgeschlagen. Im Allgemeinen liegen derlei systemische und serielle Fehler an unzureichender Planung und Vorbereitung.

Die Liste meiner übrigen Auswege war kurz: Ablage auf der Mülldeponie des Landkreises. Potenziell teuer, aber legal. Trotz kostspieliger Weihnachtsgeschenke und aufwendiger Feier hatte ich noch etwas Geld für diesen Monat in der Tasche. Also bei der nächsten Abfahrt die Autobahn verlassen, in Gegenrichtung zurück, zweite Abfahrt, ich kannte den Weg zur Deponie, die einmal ein Steinbruch gewesen war, in dem ich früher Fossilien gesammelt hatte, aber das war viele Jahre her. Inzwischen war die alte Schotterstraße verbreitert und wurde – wie zu erwarten – von Dutzenden Mülllastwagen befahren, die *meinen* Steinbruch mit dem Abfall der Region verfüllten. Hier herrschte Ordnung. Das merkte ich am Schlagbaum vor der Einfahrt, wo mein VW-Käfer aus der Reihe der Mülltransporter, die den

Eingang ungehindert passierten, herausgewinkt wurde.

»Sie können hier nicht rein, das geht nicht!«

»Ich will Müll abliefern«, sagte ich.

Der Blaumann aus dem Pförtnerbüro sah mich an, als würde er mich nicht ernst nehmen.

»Doch, doch, ich will hier meinen Müll abgeben, den ich im Auto habe.«

»Das geht nicht!« Auf meinen ratlosen Blick hin fügte er hinzu: »Welche Art von Müll wollen Sie denn überhaupt loswerden? Wir können hier nämlich nicht alle Arten von Müll akzeptieren. Hier geht nur Restmüll aus Restmülltonnen, Restmüllcontainern, Bioabfall wie Nahrungs- und Küchenabfälle, Altglas, Altpapier, Verpackungen, Gartenabfälle wie Grünschnitt, aber keine schadstoffhaltigen oder gefährlichen Abfälle, Sondermüll, wie asbesthaltige Baustoffe, Altöl, Krankenhausabfälle und so'n Zeug. Das ist alles ganz genau im Abfallverbringungsgesetz geregelt.« Der Blaumann hatte gezeigt, dass er seine Hausaufgaben gemacht hatte, und schwieg einen Moment, ehe er anfügte:

»Also bitte jetzt richtig: Was haben Sie dabei? Was wollen Sie bei uns deponieren?«

»Einen kleinen Christbaum.«

»Hier ist eine Tafel mit den Tarifen, jeweils für zehn Kubikmeter Mindestvolumen.« Er zeigte auf die Preisliste an der Wand.

»Ich möchte bitte nur meinen alten Christbaum entsorgen, der liegt im Auto auf der Rücksitzbank, falls Sie nachsehen wollen.«

»Warum haben Sie den denn nicht am letzten Donnerstag einfach vors Haus gestellt? Das war doch der Stichtag zum Einsammeln der Dinger. Die Kollegen haben Überstunden geschoben, und wir wussten hier fast nicht wohin mit dem Zeug, denn es lässt sich so schlecht verdichten, und verbrennen dürfen wir es auch nicht«. Er zeigte durch das Fenster, aus dem man drei große Planierraupen in dem halb gefüllten Steinbruch emsig herumfahren sah.

»Wir müssen jede Lage Müll mit den Raupen zusammendrücken, dazwischen kommen dann Schichten von Sand oder Lehm. Es ist gar nicht so einfach. Die Leute denken, wir schmeißen hier alles nur so hin und fertig.« Die Müllwerkerei schien eine Art Wissenschaft zu sein.

»Ich brauche mir Ihren Baum nicht ansehen, ich weiß doch, wie ein Christbaum aussieht. Ich muss Ihnen aber den Mindesttarif für zehn Kubikmeter berechnen.«

»Wie viel ist das? Insgesamt? Für den ganzen Baum, unzerteilt und ohne Lametta, ohne so Sondersachen, die es teurer machen ...?«

Er zeigte auf die Tabelle an der Wand. Der Preis für das Loswerden meines Hausmülls entsprach meinen Lebenshaltungskosten für zehn Tage oder einem Vielfachen eines gar-nicht-sohässlichen Plastikbäumchens aus dem Großmarkt vor der Stadt. Für einen Moment dachte ich an das Sonderangebot in der Zeitung und daran, dass die Reste der Feiertagsdekoration jetzt billiger zu haben sein müssten. Nach dem Fest ist vor dem Fest.

»Tja, wissen Sie, junger Mann, ich mache die Regeln ja nicht. Sie hatten ja die Gelegenheit, ihren Baum am letzten Donnerstag ...«

Schweigend zählte ich die Geldscheine für die Müllgebühr auf den Tisch. Der Blaumann zählte nach, legte mein Geld in eine Stahlkassette und begann mit grober Handschrift einen Quittungsbeleg auszufüllen. Ich wurde ungeduldig.

»Die Quittung brauchen Sie. Die zeigen Sie nachher dem Kollegen auf dem Platz; der wird Sie dann einweisen, wo Sie ihre zehn Kubikmeter regulären Hausmülls entladen sollen. Hier herrscht Ordnung.«

Endlich durfte ich weiterfahren. Die Zufahrt führte über zwei Terrassen tiefer in das Loch. Jemand zeigte mir an, dass es von hier aus nicht weiter ginge. Die Straße war verbreitert, und zwei orange Müllwagen hatten gewendet, um ihre stinkende Last in den Abgrund zu kippen, wo die Dozer sie verteilten und planierten.

Ich stieg aus, holte den inzwischen fast nadellosen Baum von der Rücksitzbank und schleuderte ihn über die Hangkante, von wo er weiter rollte, und sich – völlig unpassend – zu kompaktierten

Babywindeln, Konservendosen und anderem legte. Der Baum, der noch zwei Wochen zuvor geschmückt die Mitte unseres Wohnraumes geziert hatte, war zu unbeachtetem Abfall geworden. Unbemerkt von den Planierraupen, die ihn gar nicht wahrnahmen und schon gar nicht extra darüberfahren wollten, um ihn den Vorschriften entsprechend mit dem anderen Unrat zu komprimieren. Mein Baum blieb unbeachtet, und der letzte Dienst, seine Einebnung, wurde ihm verwehrt, obwohl ich dafür einen hohen zweistelligen Betrag entrichtet und quittiert bekommen hatte.

Enttäuscht und einer erhofften Erfahrung bestohlen setzte ich mich in meinen Käfer, um nach Hause zu fahren. Es war kalt, ich hatte keinen Kaffee in einer Thermoskanne und keine zuckerigen Backwaren im Auto, nur eine Quittung und das Erlebnis mit einem freundlichen Autobahnpolizisten.

Ich hatte schon die halbe Strecke nach Hause zurückgelegt, als mein Blick in den Fußraum auf der Beifahrerseite fiel. Dort lag immer noch der Stapel der druckfrischen, aber unverkäuflichen Bücher, die ich eigentlich auch der Kreismülldeponie hatte übergeben wollen. Vergessen. Ärgerlich. Im Weiterfahren überlegte ich, welcher Abfallgruppe im Sinne der geltenden Rechtslage farbig gedruckte Sachbücher mit einem plastikkaschierten Einband zugeordnet werden müssten. Ganz kurz erwog ich, umzukehren, doch die Befürchtung, noch einmal den Preis für mindestens zehn Kubikmeter Hausmüll zahlen zu müssen, ließ mich weiterfahren.

Vielleicht ergäbe sich etwas im nächsten Jahr.

5

Heimat

Zehntausendachthundert Kilometer in zwölf Stunden, sechs Zeitzonen, eine überlange Nacht, denn der Flug ging nach Westen. Ich überstehe die Zeit mit einer Mischform aus traumlosem Schlaf und Trockenstarre.

Frankfurt. Endlich steigt die Sonne über den nebeligen Horizont. Fahrwerk raus, *Flaps* runter, gleich sind wir da. Bei zweitausend Fuß brechen wir durch die Wolkenbasis und ich sehe die Schwaden des Morgennebels über den gemähten Herbstwiesen. *Runway* 25C, *Touch-down*, Umkehrschub, Geruckel. Endlich! »Es ist vollbracht«, denke ich mir.

Ich hätte jetzt so gerne einen Kaffee; heiß, mit Milch und mit Zucker.

Der Purser sagt uns, wir mögen aus Gründen der Sicherheit doch bitte noch sitzenbleiben, bis der Flieger vor dem Terminal hält. Er bedankt sich brav, dass wir mit seiner Airline geflogen sind, und will uns bei nächster Gelegenheit gerne wieder begrüßen.

Ich hasse Fliegen!

Aus dem Fenster sehe ich, wie aus den Rissen im Beton des Vorfeldes Kräuter und Gras wachsen. »Alles aufhacken – und Bäumchen pflanzen«, denke ich. Die Flugbegleiterinnen, müde, aber dennoch freundlich, verabschieden uns aus der engen Röhre in die herbstlich weite Welt:

»Have a nice day, Sir!« – *Yes, I will.*

Es ist ein langer Weg vom Gate 48 bis zu den verschiedenen Schaltern, an denen alles zusammenströmt. Der Weg führt vorbei an Läden, die elektronischen Schnickschnack feilbieten, – ja, das habe ich vor dem Abflug schon gesehen und mit Mühe, aber erfolgreich dem Kaufimpuls widerstanden. Ich verweile vor einem *Duty Free Shop*, entschlussunfähig, was ich hier will, und werde von einer Dame angesprochen, die morgenfrisch ihrer Arbeit nachgeht:

»Sie können Ihre *Frequent Flyer Miles* hier in Waren umtauschen.« Sie war geschickt und gut geschult für ein effektives Verkaufsgespräch im Einzelhandel.

»Ein Parfüm für Ihre Frau, oder ein zweites für Ihre Freundin?« Sollte ich ihr etwas mitbringen? Die Verkäuferin versucht, mir zu helfen.

»Was neu reingekommen ist und unglaublich gut läuft, ist der Duft von Mango und Kokos; ein Bouquet, das an Tropen, Palmen und Urlaub erinnert.« Sie tröpfelt etwas auf einen Papierstreifen und fächelt mir den Geruch von Tropen und Urlaub zu.

»Nein, danke.« Das riecht wie der Haufen hinter dem Gemüsemarkt von Chiang Mai, denke ich.

Dann, nach einem Moment des Abwartens:

»Oder ein echter Malt Whiskey für einen guten Freund, den Sie schon seit langen Zeiten nicht mehr getroffen haben?«

Sie ist gewandt und gibt nicht auf. Mag sein, dass sie an ihre Umsatzprovision am Ende des Monats denkt.

»Wir haben auch hochwertige Schokoladen und Pralinés für Ihre Mutter oder Schwiegermutter, verschiedene Qualitäten, je nachdem, wen sie lieber mögen.«

Es ist schwer, ihrer Propaganda zu widerstehen. Ich hatte damals in dem Fotoladen, in dem ich jobbte, etwas Verkaufstraining mitgemacht, aber sie hier war ein Profi.

Ich frage nach Rasierwasser.

»Ja, das tut mir jetzt leid. Das wird selten nachgefragt. Männer beschenken Männer nicht mit Duftwasser, und Frauen erdenken meist bessere Geschenke für ihre Kerls, wenn Sie wissen, was ich meine.«

Ohne eine Mutter oder Schwiegermutter, die zu beschenken wären, kaufe ich zwei Packungen Schokolade eines bekannten Herstellers aus der Schweiz und freue mich darauf, diese selbst zu vernaschen.

Pass zeigen! Der Beamte vergleicht mein Gesicht mit dem Passbild, scannt dann die maschinenlesbare Seite in ein Gerät und wartet auf eine Antwort, ein grünes Licht oder eine chiffrierte Anweisung, mich sofort zu entwaffnen und festzusetzen. – Nichts. Ich werde nicht gesucht, es gibt keinen Interpol-Steckbrief für mich, und ich bin der Geldwäsche unverdächtig.

»Vielen Dank. Bitte gehen Sie weiter.«

Dann das Warten auf das Gepäck. Zum ersten Mal sehe ich alle die Personen, die mit mir unterwegs waren: Touristen mit ungleichmäßig gebräunter Haut und mit Glasperlen im geflochtenen Haar, Geschäftsreisende in schwarzer Hose und weißem Hemd, den Kragen entspannt und zwei Knöpfe weiter geöffnet; und dann das Hippie-

Pärchen in leichter Schlabberkleidung, das sein übergroßes, sperriges Surfboard (oder sind es zwei?) vom Gepäckband auf das Wägelchen zerrt.

Weiter. Große, lange Schritte, endlich die Beine ausstrecken, Zoll, grüner Korridor. Ich werde aufgehalten:

»Nein, ich habe nichts zu verzollen.«

Die Frau vom Zoll trägt langes blondes Haar, das sie zum Pferdeschwanz zusammengefasst hat, und schenkt meiner Feststellung keinen Glauben.

»Bitte, woher kommen Sie gerade?« Ich zeige ihr meine Bordkarte, die in der Brusttasche neben dem Pass steckt.

»Aus Südostasien.«

»Und Sie haben nichts dabei? Keine Zigaretten? Reisemitbringsel? Vielleicht haben Sie etwas, was dem Artenschutz unterliegt. Schildpatt, Krokodilleder?« Bei ihrem blonden Schopf hätte ich eine höhere Stimme erwartet. Ich schätze ihr Alter auf etwa dreißig Jahre, kann sein, etwas älter. Sie hat etwas an sich, das man nicht leicht vergisst.

»Nein, nichts.« Ich versuche zu lächeln.

»Nein, Sie brauchen Ihren Koffer nicht aufzumachen, aber sagen Sie mir bitte, was der Zweck Ihrer Reise nach Deutschland ist und wohin Sie von hier aus fahren.«

Ich habe eine Einladung zu einem Wiedersehen mit Freunden aus der Schulzeit, die ich kaum mehr kenne. Wir wollen uns noch einmal treffen, eine

Andeutung, es könnte womöglich das letzte Mal sein, dass wir zusammenkommen. Dreieinhalb Jahrzehnte sind vergangen. Zwei Freunde von früher sind nicht mehr dabei, einer, der Chemie studiert und sich jahrelang mit Leberkrebs gequält hat; ein anderer hatte vor Monaten einen Schlaganfall und ist seither nicht mehr ansprechbar. Wer ist noch da, wer wird zu dem Treffen anreisen? Ich denke an eine Freundin aus der Zeit von damals. An die anderen, die trotz allem in der Stadt geblieben sind, und die, die ihr Berufsleben woanders zugebracht hatten und jetzt zum Ruhestand in das Provinznest zurückgekehrt waren, und ganz andere, die sich – wie ich – weder hier noch dort einordnen lassen.

Die Frau, die den grünen Zollkorridor bewacht, wartet auf meine Antwort:

»Ich fahre in eine Kleinstadt in der Provinz, ein Nest, drei Stunden Bahnfahrt von hier. Ich muss nur einmal umsteigen, in die Regionalbahn.« Ich nannte den Namen der Stadt.

Die Frau mit dem blonden Pferdeschwanz, überraschend:

»Ich kenne die Stadt. Ich bin von dort. Das ist eine schöne Gegend.« Und zu meiner Verblüffung fügt sie hinzu: »Grüßen Sie unsere Heimat.« Dann kehrte sie zurück zu dem amtlich-korrekten Tonfall, den man von einer Zollbeamtin erwartet:

»Ich wünsche Ihnen eine gute Weiterreise und einen erfreulichen Aufenthalt in Deutschland.«

»Danke!« Mein Blick fällt auf das Namensschild an ihrer Uniform: C. Kiesel, ein Allerweltsname in dieser Gegend.

Sie nickt mir freundlich zu, als ich mich zum Ausgang mit der automatischen Schiebetür wende.

»Eine schöne Gegend«, hat sie gesagt.

Ihr Lächeln hat mich an irgendwas erinnert, eine Einladung zu einer Reise in die Vergangenheit.

Eine schöne Gegend? Dieser triste Haufen gesichtsloser Häuser, gruppiert um drei Kirchen und um allerlei historisches Gemäuer? Der Ort, in dem ich geboren bin, in dem ich mal in die Schule ging, in dem mein Leben angefangen hat, ein Lebensumfeld, das nach Kohl und Bohnerwachs roch, der Ort, in dem ich meine erste Freundin geliebt (und sie mich versetzt) hat, dieses Provinzkaff, das jeder in unserer Klasse nach dem Abitur schnellstens verlassen wollte.

»Eine schöne Gegend«, hat sie gesagt.

Ich war der Erste aus unserer Clique, der nach der Schule hinauszog in das, was wir für »die Welt« hielten, von der wir naiverweise überzeugt waren, dass dort, im Ungewissen der Zukunft alles besser sei. Heute sehe ich das nicht mehr so. Woanders ist es genauso, nur eben auf eine andere Art.

Die Gänge im Terminalgebäude riechen nach einem billigen Reinigungsmittel, das dem Bohnerwachs in meiner alten Schule in nichts nachsteht. Die Ankommenden vom Terminal ›C‹ riechen wie Matrosen, die wochenlang gemeinsam in einem U-Boot eingeschlossen waren. Vor zwei Stunden, nach meiner Landung, muss ich ebenso gestunken haben. Und jetzt?

Vom Ende des Korridors, vorbei an dem Sex-Shop mit den blinkenden Lichtern, die den Eingang umrahmen, nehme ich die Witterung für mein Ziel auf:

»Kaffee! Ja, da will ich hin!« Vom Ende des Ganges locken Kaffeehausduft und das Aroma frischen Gebäcks. Klirrendes Geschirr, Teller, Tassen, bestärkt mich in meiner freudigen Erwartung eines Frühstücks am Ende dieses Korridors.

Ich erinnere mich. Damals, nach meinem ersten Auslandsflug nach Asien, vermischte sich schon auf der Gangway (damals lief man zu Fuß über das Flugfeld zum Terminal), der Duft von Kerosin und der Ausdünstung von Durian (einer tropischen Stinkfrucht) mit der auflandigen Nachmittagsbrise, mit Salz vom Meer. Kein wohliger Geruch, aber bis heute der Auslöser von Fernweh, Asienromantik und Wieder-weg-wollen.

Damals flog ich auf einer alten, fehlerträchtigen DC-10. Genau diese Maschine stürzte zehn Tage später über Kanada bei Halifax in den kalten Atlantik; Feuer in der Kabine. Kein Abenteuer. Nur Angst. Aber diese Airline, die es inzwischen leider nicht mehr gibt, hatte den besten Kaffee und das beste Frühstück in der Luft.

Ich erreiche das Ende des Korridors, aus dem der Kaffeehausduft strömt.

»Karamell-Latte, bitte ein großes Glas. Butterhörnchen, gerne zwei.« Frühstück, der kulinarische Sonnenaufgang.

Die E-Mail mit der Einladung zu unserem Jahrgangstreffen war kurz und unübersichtlich, und das angedachte Programm war nur vage ausformuliert. Ich nehme an, dass die Organisatoren den Ablauf nicht fertiggedacht hatten.

Am Verteiler der Mail sah ich, wer eingeladen war, aber nicht, wer ab- und, wichtiger, wer zugesagt hatte. Im Grunde genommen war es mir egal. Mit den meisten Leuten aus meiner Zeit konnte ich schon vor dreißig Jahren wenig anfangen, zu unterschiedlich waren unsere Interessen. Aber das sollte jetzt einerlei sein, so oder so, wir wollten ja nur einen Nachmittag lang zusammen Wein oder Federweißen trinken und von den alten Zeiten reden, für zwei Stunden so tun, als ob es wieder wie »damals« wäre.

Ungeachtet dieser Gleichgültigkeit hätte doch gerne gewusst, ob meine Freundin, die Geliebte aus der Abiturzeit, kommt. Ich habe seit damals nichts mehr von ihr gehört. Jemand hatte mir geschrieben, sie hätte eine Tochter und geheiratet. In dieser Reihenfolge? Das stand nicht dabei. Dafür, dass mir die Antwort auf diese Frage eigentlich egal war, hatte *sie* meine Gedanken auf dem Flug ziemlich beschäftigt. Wird sie kommen? Wie wird sie inzwischen aussehen? Wenn ich zu mir ehrlich bin, war sie, neben ein bisschen Heimatnostalgie, der einzige Grund für mich, diese lange Reise anzutreten. Sie hatte ein Lächeln, das ich nie vergessen habe, und das dem Lächeln der blonden Zöllnerin nicht unähnlich war. Seltsam, dass mir das erst hinterher einfällt.

Der Kaffee im Terminal hatte mich auf das Gewusel des morgendlichen Flugplatzes eingestimmt. Jetzt, mit festem Boden unter den Füßen, unternehme ich die weiteren Schritte meiner Bahnreisevorbereitung: Zeitung kaufen (leichte Lektüre für zwei Stunden), Proviant (frischer, duftender Pflaumenkuchen für unterwegs), ein Billett, heutzutage Ticket genannt, für eine Bahnreise zweiter Klasse in die Stadt meiner Schulzeit, Platzreservierung. »Sie müssen nur einmal umsteigen in den Regionalzug. Der Anschlusszug wartet (hoffentlich) auf dem Bahnsteig gegenüber, Gleis vier, (aber nur, wenn der ICE keine Verspätung hat), Sie haben dort zweiundzwanzig Minuten Aufenthalt.«

Mein Zug kommt pünktlich und verlässt den dunklen Untergrundbahnhof genau nach den vier vorgesehenen Minuten. Der bestellte Fensterplatz ist frei. Ich breite die Zeitung auf meinem Schoß aus. Das Gleis führt nach drei Minuten langsamer Fahrt aus dem Tunnel unter dem Flughafenterminal hinaus ins Tageslicht. Ich blinzle gegen die plötzliche Helligkeit an. Die letzten Ausläufer der Vorstadtsiedlungen ziehen an mir vorbei, gehen in Schrebergärten über, dann führt die Fahrt weiter durch ein enges Tal. Da gibt es, außer den herbstlich-bunten Bäumen, wenig zu sehen, alles huscht schnell am Zugfenster vorüber, keine Zeit, etwas anzusehen. Die Strecke kenne ich gut, ich war oft hier.

Bilder wie Stationen eines Lebens, aber nicht *meines* Lebens. Meine Lebensbahn war ein langsamer Bummelzug, in dem ich reichlich Zeit hatte, alles entlang meines Weges zu betrachten, ja, ich konnte sogar an Stopps aussteigen, anfassen, riechen. Allerdings fuhr mein Zug damals durch armselige, tropische Dörfer, und der Geruch dazu kam nicht mehr frisch vom Meer, sondern von verfaulenden Durianschalen und Blättern, auf denen mausernde Hühner nach Futter scharrten.

Diese Schnellstrecke führt jetzt zwischen einer Bundesstraße und dem Waldrand entlang am Fluss durch ein weites Tal. Die Hügel am Rande der Auwiesen sind mit dichtem Fichtenwald bestanden. Im Frühjahr sind diese Flächen sumpfig, die Füße sinken bis zu den Knöcheln ein, Gummistiefel bleiben stecken. Hier hatte ich mich einmal im Studium durch ein Geländepraktikum gequält. Das war im März gewesen, nach der Überschwemmung der Auen. Geophysik im Gelände, das bedeutet im Wesentlichen, dass Kabeltrommeln den ganzen Tag herumgeschleppt und auf- oder abgerollt werden müssen. Dann Warten. Dann die Kabel mit klammen Fingern wieder aus dem Modder ziehen und aufrollen. Eine Woche lang. Abends, in der Herberge, am Biertisch, begannen wir mit der Auswertung der Messungen. Ich hatte schon einen der neuen und teuren elektronischen Taschenrechner, die anderen werkelten noch mit dem Rechenschieber. Mit Wehmut lasse ich mich in die Erinnerung jener Zeit sinken. Es war erlebnisreich, aber wiederholen möchte ich diesen Abschnitt nicht mehr. Die so oft besungene und glorifizierte Studentenzeit war für mich über weiter Strecken kalt und einsam und nur in wenigen warmen Sommern von erfreulichen Geländeexkursionen nach Frankreich oder Spanien unterbrochen.

In den Wintermonaten hallte weiter die Erinnerung an die Freundin aus der Kleinstadtheimat nach. *Sie* war seither verschwunden, nicht erreichbar, egal, was ich versuchte, egal, wo ich anrief oder wen ich fragte. Nichts. Nur lose Enden.

Die Zeitung, die ich gerade gekauft habe, liegt immer noch ungelesen auf meinen Knien. Ich sehe aus dem Zugfenster, sauge die Bilder mit den Augen auf und stöbere in Erinnerungen. Der Zug verlangsamt seine Geschwindigkeit zur Einfahrt in den Bahnhof meiner alten Universitätsstadt. Rechts der Fluss, links felsige Weinberge, in denen wir Abfolgen von Gesteinen beschrieben und Profile ins Feldbuch gemalt haben. Das »Geländepraktikum II« war in der Prüfungsordnung bis zum Vordiplom vorgeschrieben. Ich mag Steine. Sie sind alt, können warten und haben eine Menge zu erzählen, aber sie sind nicht schwatzhaft wie Menschen. Man muss sich Zeit nehmen, wenn man sie verstehen will. Andere lieben Bücher, meine Bücher sind aus Stein.

Einfahrt, die letzte weite Kurve zum Bahnhof im Schritttempo, Müllverbrennung, Heizwerk, Lokomotivschuppen (jetzt ungenutzt) und darüber ein steiler Hang, ein anderer Weinberg, dessen Gewächsen schon J.W. v. Goethe, der nebenbei ebenfalls mal als Geologe dilettiert hatte, gerne zugesprochen hat.

Umsteigen!

»Sie haben Anschluss zur Weiterfahrt ... Auf Gleis drei wartet der Regionalzug nach ...«, plärrt die Lautsprecheranlage über die Bahnsteige. Ich zerre meinen Rollkoffer aus dem Zug und überlege, was ich als Nächstes anstellen will: Ich könnte in den Bummelzug steigen, der gegenüber schon wartet, oder aber mein Gepäck in einem Schließfach einstellen, ein paar Straßen ablaufen, wieder Kaffee trinken (gibt es das billige Stehcafé von damals noch?), noch zwei Butterhörnchen verdrücken und dann einen späteren Zug zur Weiterfahrt für den letzten Abschnitt meiner Reise nehmen.

Hier habe ich im Studium Jahre verbracht. Ich liebte die Stadt im Sommer und hasste sie aus tiefstem Herzen im Winter. In zwei oder drei Stunden will ich weiterfahren.

Erinnerungen lenken meine Schritte. Ich finde mich auf dem Bahnhofsvorplatz, gewärmt von der blassen, herbstlichen Morgensonne und genervt von den Pennern, die mich um einen Euro für ihr nächstes Bier anschnorren. Von den Kiosken, die früher auf dem Vorplatz ihr Geschäft betrieben, sind zwei geschlossen, die Scheiben mit Graffiti übersprüht. In einem anderen Büdchen, das früher Fossilien und hübsch polierte Steine, die angeblich glücklich und gesund machen, zum Kauf anbot, ist jetzt eine Frittenbude: Bratwurst, Dosenbier und Zigaretten, was man halt so braucht, wenn man vor dem Bahnhof herumsitzt. Der Platz, in dessen rasenbewachsener Mitte im Mai rosenfarbene Zierkirschen blühen, war nie die Schokoladenseite der Stadt, und über die Jahre hat sich hier wenig zum Besseren geändert.

Ampel; die Müllabfuhr versieht ihren Dienst, ein kleiner Verkehrsstau, die Straßenbahn (ja, gibt es noch) klingelt verzweifelt, in der Hoffnung, dass die Müllarbeiter die Tonnen schneller bewegen und die Schienen endlich freigeben. Blinde Schaufenster an der Hauptstraße, zugeklebt mit Makulaturtapete. Ich werde angerempelt. Die Stadt ist für guten Wein bekannt, weniger für Herz und Freundlichkeit. Und nein, die Stimmung von früher mag sich nicht mehr einstellen.

Das Stehcafé von damals ist zu oder umgezogen. Es reicht mir für heute, und ich wende
mich zurück zum Bahnhof.

Einfahrt in meine Heimatstadt in der tiefsten
Provinz. Während der letzten zehn Minuten der
Fahrt, von der Talkapelle im Wald an, lässt der
Lokführer unseren Triebwagen im Leerlauf ge-
schickt auf dem leichten Gefälle der Strecke zum
Bahnhof hin ausrollen. Er hat sich das bei tausend
Einfahrten in diesen Kopfbahnhof antrainiert. Das
Geschnatter der Schüler auf ihrem Heimweg ist
fast verstummt, sie machen sich zum Aussteigen
an der Endstation fertig. »Tschüss, bis morgen!«
und Satzfetzen mit »Hausaufgaben« werden ge-
rufen.

Der Zug rollt vorbei am Sportplatz, Umspann-
werk, Schwimmbad, an zwei Tankstellen an der
Ausfallstraße, dazwischen, immer noch im Indus-
triegebiet, der einzige, zumindest der einzige be-
kannte, Puff der Stadt. Dann, ein kleines Brücklein,
die Bahn rollt über den Stadtring – für mich eine
bedeutsame Stelle. Früher spähte ich immer nach
links, talwärts, auf eine Gruppe verstreuter Häuser; in einem davon wohnte sie, die Eine, die, für
die ich in den vergangenen Zeiten die Sterne vom
Himmel geholt hätte. Einmal, ein einziges Mal –
wir hatten es verabredet – winkte sie aus dem
Fenster mir im einfahrenden Zug zu, und eine
halbe Stunde später umfassten wir uns auf dem
Bahnhofsplatz, lange, enge Umarmungen. Heute

steht dieses eine Fenster wieder weit offen, doch winkt niemand, keine Rapunzel lässt ihr langes, blondes Haar herunter, kein Zauber. Vor dem Haus jagt jemand Herbstblätter mit dem Laubbläser von einem Eck des Hofes in ein anderes, näher an die Mülltonnen.

Ich hatte ein »Gäste- und Passantenzimmer« – die Herberge warb tatsächlich noch mit solchen unzeitgemäßen Begriffen – in einer Pension gebucht, unbestimmt, ob sie mich heute als Gast oder eher als Passant erwarteten. Nein, niemand, kein Mensch erwartete mich. Mein Rollkoffer stand in dem leeren Rezeptionsraum, in dem Telefone blinkten, etwas anderes piepte – niemand empfing mich am Empfang. Ich bin in meiner Heimatstadt, die ich nie sonderlich geliebt habe. Hier ist es eben so, denke ich und gehe den Korridor entlang,

»Hallo, ist hier jemand?«, rufe ich, aber die Auslegware in dem dunklen Gang und die dicken Vorhänge ersticken meinen Ruf.

Ich habe zehntausend Flugkilometer und inzwischen dreiundzwanzig Reisestunden hinter mir und möchte endlich duschen, auspacken, mich rasieren und umziehen, alles, was man früher als das »Abschütteln des Reisestaubs« beschrieben hat. Ist das zu viel verlangt? Gast oder Passant, egal, bitte!

Aus einer Seitentür kommt ein junger Mann. Er trägt weiße Kleidung, wie ein Krankenpfleger oder Masseur.

»Ja, Herr S., wir haben Ihre E-Mail bekommen und erwarten Sie.«

Ach ja, erwarten geht anders, denke ich, vermeide aber jede weitere Konversation. Ich möchte mich einfach nur duschen und hinlegen.

Formalitäten. Pass, Ausweis. Kreditkarte.

»Herr S., haben Sie einen Wohnsitz in dieser Stadt? Wenn nicht, dann müsste ich Ihnen pro Tag einige Euro Kurtaxe berechnen.«

Also bitte, hören Sie: »Ich bin in dieser Stadt geboren, hier aufgewachsen, habe hier mein Abitur gemacht, jetzt soll ich hier Kurtaxe zahlen, so wie ein Fremder, ein hereingeschneiter Tourist oder ein dahergelaufener Passant?«

Der Massierweißling behielt trotz meiner Anwürfe die Fassung.

»Ihre Papiere sind im Einwohnermeldeamt Berlin-1000 ausgestellt, dort sind nur Leute ohne Wohnsitz in der Bundesrepublik registriert, Hippies, Aussteiger, Leute, die seit Jahren in Deutschland keinen einzigen Cent Steuern bezahlt haben – und jetzt, sagen Sie, wollen Sie nicht einmal das bisschen Kurtaxe abführen? Finden Sie das richtig?«

Die Argumente des muskulösen Masseurs sind besser als meine, und er hat die stärkere Verhandlungsposition, denn ich brauche ein Bett, ein paar Stunden Ruhe, und die paar geforderten Groschen tun nach der langen Reise auch nicht mehr weh.

»Für ein paar Euro pro Aufenthaltstag bekommen Sie Zugang zu Museen, historischen Gebäuden, Ermäßigung beim Stadtbus und der Kurseelsorge, falls sie mal spirituellen Beistand oder emotionale Unterstützung in einer Situation brauchen ...«, – Nein, so schlimm steht es um mich noch nicht, denke ich, spreche es aber nicht aus.

»Also gut.« Ich gebe nach, obwohl ich den angebotenen Touri-Schnickschnack nicht brauche. Ich kenne die Stadt, ich habe früher alles tausendmal gesehen, meist bei Regen, seltener im Sommer. Dieses Mal habe ich andere Pläne.

Er zeigt mir mein Zimmer, mit Blick nach vorne, zu der ruhigen Straße, die aus der Mitte der Kleinstadt zum Bahnhof führt, zehn Minuten zu Fuß, wenn man langsam geht. In dieser Stadt erinnert mich alles an damals, viel intensiver, als ich es mir während des langen Fluges vorgestellt hatte.

Am späten Nachmittag wache ich von meinem Schläfchen auf und sehe das letzte Licht der Dämmerung. Alle Fenster des Hotels gegenüber sind dunkel, ebenso die der Gebäude daneben. Beide Immobilien waren in längst verflossenen Zeiten Kurhäuser, deren wirtschaftlich gutgestellte Patienten einen kleinen Wohlstand in die Straßen der Stadt gespült hatten. Jetzt nicht mehr. Der einstige

Glanz der glorreichen Vergangenheit liegt nun im Dunklen. In diesem Städtchen ist inzwischen viel verwelkt, leblos und erstarrt.

Um den Marktplatz herum schimmert aus den besseren Kneipen warmes Licht auf das Pflaster, das vom Nieselregen am Nachmittag nass ist.

»Zeit für ein frühes Abendessen?«, frage ich mich selbst. Oder noch ein paar Gässchen erkunden, Schaufenster betrachten? Die Buchhandlung? Oder das Fotolabor, in dem ich früher mal gejobbt habe? Ich überlege, was sich verändert haben könnte. Tagsüber arbeitete ich dort unter der Fuchtel der Laborantin, nachts, wenn nicht so viel zu tun war, alleine, einsam mit den Maschinen. An manchen solcher Abende kam verbotenerweise meine Freundin ins Labor und leistete mir Gesellschaft. Wir hörten Musik im Radio, plauschten über Nebensächlichkeiten oder saßen beisammen, solange die letzten Filme und Bilder im Wasser schwammen und dann in der Maschine trockneten. Es war warm und dunkel, und wir waren jung ... – *Sweet memories*.

Ohne Absicht folge ich einer Gruppe älterer, in Mäntel gekleideter Einheimischer, die zielgerichtet auf die Musikhalle am Rande der Innenstadt zugehen. Als ich an einer Plakatwand vorbeikomme, sehe ich die Einladung zu einem Chorkonzert des Gesangsvereins. Also verbringe ich die Zeit bis zum Abendessen mit musikalischer Begleitung in der warmen Halle. Die meisten Lieder kenne ich, denn sie gehörten schon vor über dreißig Jahren zum festen Repertoire des Heimatchors; neue Sänger, alte Lieder, hier ändert sich wenig. Bereits beim zweiten Lied schweifen meine Gedanken zu dem Treffen mit den Freunden morgen Nachmittag. Wird *sie* kommen? Lebt sie noch hier, oder reist sie aus einer anderen Stadt an?

Eine diffuse, aber eindringliche Vorfreude erfasst mich, als ich nach dem Konzert durch die leeren Gassen tappe und später, während ich mein Abendessen aus der Speisekarte wähle, die Gerichte aus der Heimat verspricht. *Sie* hätte die »gebackene Forelle aus Gewässern in der Region« bestellt, dazu Rotwein, unpassend zum Fisch, aber so war sie.

Der nächste Tag kommt mit hohen Erwartungen, ausgelöst durch eine Mail mit dem vollständigen Programm, die in der letzten Nacht kam:

»Wir treffen uns ab 15 Uhr im Gasthaus ›Zum Adler‹ zum Dämmerschoppen und bleiben zum Abendessen. Ende offen.«

Ich will versuchen, mich heute von meiner besten Seite zu zeigen, dunkle Hose, extra für diesen Tag aus Asien mitgebracht, weißes Hemd – sie war früher leicht mit Äußerlichkeiten zu beeindrucken. Jacke? Ja, die Abende sind hier kühl, nicht wie in Asien, wo es immer Sommer ist. (»Ist dir kalt, möchtest du meine Jacke haben?«) Visitenkarten, Geld, Handy, einen Kuli, falls es etwas zu notieren gibt, eine Adresse oder Telefonnummer, und was man sonst so einsteckt, um vorbereitet zu sein. Eukalyptusbonbons, für den frischen Atem. Nicht zu vergessen der Haustürschlüssel zu dem Passantenzimmerheim, das ab 22:00 Uhr wie eine Jugendherberge die Tür verriegelt.

Wird *sie* kommen? Oder wird das nur ein anderer Nachmittag mit Leuten, die ich einmal kannte? »Was machst Du?«, oder: »Bist du immer noch in der Stadt?«, oder die fantasielose Frage nach der Kinderzahl. Ich möchte so gerne die Jahre auffüllen, die vergangen sind, seit unserer Zeit; wie ist es ihr ergangen, wie geht es ihr heute?

Wein wird serviert, Käsestangen, und anderes Knabberzeug auf den Tisch gestellt.

»Nein, Federweißen haben wir leider nicht mehr (obwohl in der Saison), aber ich kann Ihnen die Weinkarte zeigen, wenn Sie wollen«, sagt die Bedienung. »Es gibt auch Kaffee und Kuchen, Zwetschgenkuchen, wenn Sie keinen Alkohol wollen.«

Ich komme mit den alten Bekannten ins Gespräch. Wir befragen uns, mangels besserer Themen gegenseitig nach Kindern und beantworten Erkundigungen über Beruf oder Wohnort. Ein lebhaftes Geplapper, während dessen ich immer wieder über meine Schulter zur Eingangstür schaue.

Sie kommt so, wie es schon immer ihre Art war, etwas später. *Sie* genoss es seit jeher, Leute warten zu lassen. Aber sie kam. Schon bevor ihr Vollbild den Türrahmen füllte, tönte ihre laute Stimme voraus. Gesichter verändern sich, werden faltig, Männer werden kahl, manche lassen sich Bärte wachsen, aber die Stimmen bleiben wie früher.

Dann tritt *sie*, laut im Gespräch mit zwei Freundinnen, durch die Tür zum Gastraum. Die drei Frauen verstummen kurz, und sie lässt den Blick lange durch den Raum schweifen. Nach rechts zu der Fensterfront mit den Topfpflanzen, dann auf die andere Seite, wo der Schanktisch steht. Und gleich noch einmal; während ihre Blicke die Gesichter, eines nach dem anderen, abtasten: »Wer ist gekommen und wer abwesend?«

Ihre Augen leuchten kurz auf, als sie mich entdeckt, ein fast unsichtbares Lächeln huscht über ihr Gesicht, bevor ihr Blick weiter durch den Raum streift. Sie geht von Tisch zu Tisch, schüttelt Hände, begrüßt alle und arbeitet sich so in meine Richtung vor.

»Schön, dass du gekommen bist«, sagt sie kurz, während sie sich zu mir auf die Bank setzt.

»Ja, ich habe mich während der ganzen langen Reise auf unser Treffen gefreut«, rutscht es mir raus. So einfallslos wollte ich es wirklich nicht sagen, aber der Satz war ausgesprochen. Unsere Unterhaltung kommt schnell in Gang. Sie befragt mich:

»Wie geht es dir im Ausland? Jemand hat mir erzählt, dass du nach Ostasien umgezogen bist?«

»Südostasien«, verbessere ich, so als ob das in diesem Zusammenhang wichtig sei. Sie fragt weiter:

»Und wie geht es dir dort? Kannst du die Sprache?« Und weiter: »Hast du geheiratet? Hast du eine Frau, Kinder, Familie? Wie lebst du dort?«

Sie bestellt Rotweinschorle, während ich einen Versuch unternehme, ihre Fragen zu beantworten, ohne dabei allzu weit in Einzelheiten abzuschweifen.

»Ja, Familie, Frau, zwei erwachsene Töchter, die ihre eigenen Wege gehen. Beruflich läuft es inzwischen ganz gut, wir haben uns ein kleines Haus gekauft, mit Garten. Nur der Anfang im Ausland war brutal schwer, jetzt gehts.«

»Und bei dir so?« Nun ist es ist an mir, sie auszufragen.

»Du weißt, dass ich eine Tochter habe, oder?«

»Oh, ja?«, ich versuche erstaunt auszusehen.

»Die kam gleich nach der Schule zur Welt. Ich habe ein ganzes Jahr verloren, bevor ich mit dem Studium anfangen konnte.«

Sie macht eine Pause, nippt an ihrer Schorle und holt tief Luft:

»Ich glaube, es ist deine Tochter.«

Darauf war ich nicht gefasst. Sprachlos. Entgeistert. Fassungslos.

»Woher weißt du …?«

»Eine Mutter weiß das eben. Erinnerst du dich an unsere Abende bei dir im Fotolabor?«

»Warum hast du mir nie etwas davon erzählt oder geschrieben? Es ist ja nicht so, dass ich mich um meine Pflichten drücken wollte. Wir hätten ja auch …«

Sie unterbricht mich im Satz:

»Du meinst – heiraten? Nee, das ging nicht.«

»Warum? Das würde mich jetzt schon interessieren.«

»Also, das ist gar nicht so leicht zu erklären. Ich habe zu der Zeit einen netten Mann kennengelernt. Das war auf einem Fest einer Studentenverbindung, eigentlich gar nicht meine Welt. Wir haben uns gleich gut verstanden, und so weiter, bla, bla, du weißt ja, wie das ist, und haben dann bald geheiratet. Wir hatten zusammen zwei Kinder. Er ist vor drei Jahren verstorben. Unfall. Er wusste nichts von meinem Geheimnis, unserem Geheimnis, und heute ist es das allererste Mal, dass ich mit einem Menschen darüber spreche. Das erste Mal in meinem Leben und wahrscheinlich auch das letzte Mal.«

Mir fallen immer noch keine passenden Worte ein, so groß ist die Dimension der Neuigkeiten, die sie mir in gerade mal fünf Minuten besonnen plaudernd nahegebracht hat. Sie kramt in ihrer Handtasche:

»Hier, ich habe dir was mitgebracht. Das ist ein Foto von ihr, ein Bild von deiner Tochter. Ich habe es vorgestern noch schnell in dem alten Fotogeschäft abziehen lassen, weil ich sicher war, dass du heute kommst. Das Foto ist vor knapp drei Jahren aufgenommen, kurz vor ihrer Hochzeit. Sie sieht jetzt vermutlich anders aus. Sie heißt jetzt Kiesel, mit Familiennamen.«

Ich schaue kurz auf das Bild, und mich erschlägt die zweite Überraschung an diesem Nachmittag.

»Kennst du sie etwa? Hast du sie schon mal gesehen? Sie arbeitet beim Zoll am Flughafen.«

Ich kann nicht sprechen, bleibe die Antwort schuldig, aber sie sieht mir an und versteht, dass mir das Gesicht bekannt ist.

»So, nun habe ich nur noch eine einzige Bitte an dich: Such sie nicht, rede nicht mit ihr oder mit irgendjemand auf dieser Welt darüber. Nimm das Geheimnis mit in dein Grab. Kein Wort, niemals, kein Tagebuch, nichts, OK?«

Ich nicke stumm.

»Ich wünsche dir einen sicheren Heimflug. *À Dieu.*« – Nach so einem Auseinandergehen tauscht man keine Adressen mehr und erkundigt sich nicht mehr nach der Telefonnummer.

Nach diesem Abschied, der für mich etwas makaber klingt, setzt sie sich zu den anderen, schwatzt hier, lacht dort, *small talk*, nichts Wichtiges.

Mehr ist von diesem denkwürdigen Nachmittag und Abend nicht zu vermerken. So manches mag nach dieser Begegnung an mir vorbeigegangen sein.

Es reicht. Ich verbringe nur noch zwei Tage in dieser Stadt, die ich nie gemocht habe, die ich viel zu gut kenne, um sie zu lieben, und die sich nur in meiner Erinnerung den Kultstatus »Heimat« erschwindelt hat. *Sie* ist nicht erreichbar; keine Adresse, keine Telefonnummer und somit kein Grund, weiter in den Kleinstadtgassen, in denen ich mit geschlossenen Augen meinen Weg finden könnte, absichtslos herumzugehen. Die Reiseandenken für die, die daheim auf mich warten, kann ich noch am Flughafen kaufen.

Im Terminal, vor dem Rückflug.

Ich frage zwei Herren in Zoll-Uniform, denen ich im Korridor begegne:

»Kennen Sie eine Frau Kiesel, eine Kollegin von Ihnen?« Kopfschütteln.

»Wer soll das sein?«, fragen sie zurück, der andere, dienstlich-ruppig: »Warum wollen Sie das wissen?«

»Hier, ich habe ein Bild von ihr. – Ich glaube, das ist meine Tochter. C. Kiesel?« Die beiden Zöllner sehen einander an und richten dann ihre Blicke auf mich. Ich kann ihren Gesichtern ablesen, wie sie überlegen, ob sie es mit einem harmlosen Verrückten zu tun haben, oder ob sie mich mitnehmen und irgendwohin hinbringen sollten, auf eine Dienststelle, die mit ›solchen Leuten‹ umgeht. Daher frage ich nicht weiter.

C. Kiesel. Wofür steht das ›C‹?

.

6

»Great minds think alike«

Wenn man Essen kocht und es den Be-
kochten, die das Aufgetragene aber
trotzdem aus Gründen der Höflichkeit
aufessen müssen, so gar nicht schmeckt, dann
sagt man, sie äßen mit »langen Zähnen«. Ich male
mir aus, dass meine Lektorinnen ähnliche Gefühle
hegen, wenn sie auf meinen Texten herumkauen.
Im Laufe der Jahre habe ich die Dienste von sieben Lektoren und Lektorinnen ausprobiert, frus-
triert, verschlissen, – nein, ich habe ihre Dienste,
die sie an den gängigen Orten öffentlich und für

Geld feilboten, in Anspruch genommen, und, nein, es ist mir nicht peinlich. Ich weiß, sie machten es nicht für mich oder *pour l'art*, sondern auch, weil es ihr Beruf ist.

Von vier meiner sieben Lektoren und -innen kenne ich nicht einmal den Namen, aber ich stelle sie mir immer als weibliche Wesen vor, denn so kann ich mich besser in sie hineindenken und verstehen, worauf sie mit ihren richtungsgebenden Anmerkungen abzielen, kann den Ton ihrer Sprache wittern und zwischen den lektorierten Zeilen lesen.

Eine der größeren Arbeiten, die ich zum Lektorat weggegeben habe, war ein umfangreiches Sachbuch in englischer Sprache, das vom Lektoratsdienst eines weltweit bekannten Verlagshauses durchgesehen und ins Reine gebracht werden sollte. Der Preis war gepfeffert und nicht verhandelbar, aber Qualität hat eben ihren Preis. Dafür schrieben diese freundlichen Menschen schon nach ein paar Tagen an mich zurück:

»Sehr geehrter Herr S., das Inhaltsverzeichnis wird bei den Normseiten nicht mitgerechnet. Wir erlauben uns daher, Ihnen den Betrag von insgesamt US\$ 16.– auf den Endpreis gutzuschreiben.« Der Gegenwert eines Besuches in einer schlichten Pizzeria (ohne Wein). Wirklich nett. Und professionell.

»Die Bearbeitung Ihres Auftrages wird etwa vier bis sechs Wochen in Anspruch nehmen.« Geht

in Ordnung, ja, so was hatte ich selbst auch angenommen, man soll bei solchen Arbeiten ja nicht
hudeln.

Nachdem fünf Wochen vergangen waren,
schlug die lektorierte Datei in der Eingangskiste
meiner E-Mail auf, und ich war – sicher verständlich – voll gespannter Neugier, was aus meiner Arbeit wohl geworden war. Schließlich hatte ich weit
über ein Jahr lang an dem Buch gearbeitet, Lite-
ratur zusammengetragen und katalogisiert und
siebzehn illustrierende Zeichnungen am Computer
gepinselt. Ein Jahr liebevoller Mühe (oder mühe-
voller Liebe?). Es ist also nachvollziehbar, dass ich
mit ungeduldigem Interessiere auf die erste neu-
trale und professionelle Meinung zu meinem Text
wartete, zu einem Sachbuch, mit dem ich die kom-
plexen Einzelheiten meines Faches der breiten
Masse leicht verständlich und dabei wissen-
schaftlich korrekt erklären wollte. Ich dachte stolz
an die Scharen von Kids, die, motiviert von diesem
Buch, ihre Videospiele beiseitelegen und sich, tief-
gehend motiviert, einer Karriere in den Geowis-
senschaften, zuwenden würden.

Schon am nächsten Tag, mit morgendlich er-
holtem Geist und frischem Kaffee, der mein Denk-
vermögen schärfte, machte ich mich flugs daran,
die Anmerkungen und Korrekturen durchzusehen
und die vorgeschlagenen Änderungen in das
Hauptdokument einzupassen. Die Lektorin hatte
ihre wohlerwogenen Bemerkungen an den Rand

meines PDF-Manuskriptes geschrieben. Die Fehler in der englischen Orthografie waren ordentlich in anderen Farben angelegt als die Stellen, die für sie keinen Sinn ergaben und nachgearbeitet werden sollten, wie sie fand. Und derer gab es viele.

Vertieft in die Arbeit hatte ich die Zeit vergessen, es wurde schon Mittag und es war ein glutheißer Sommertag in meinem heimischen Dachbüro, an dessen Fenstern ich inzwischen die Jalousie heruntergezogen hatte; einerseits, um meine Arbeitszelle halbwegs kühl zu halten, des Weiteren, um die fundamental wichtigen Anmerkungen des Verlagshauses auf dem Bildschirm besser erkennen zu können. Und da war auf einmal das Gefühl wieder, wie damals in der Mittelstufe, als die zickige Französischlehrerin mir beim Diktat über die Schulter sah: Meine imaginäre Lektorin hatte in den letzten fünf Wochen jeden Satz und jede Formulierung auf die linguistische Goldwaage gelegt. Aber was war das? Schon auf Seite 41 hatte sie ein Semikolon übersehen. Eine Unaufmerksamkeit. Zeit für eine Unterbrechung.

Weiter nach der Mittagspause, frische Randbemerkungen, elegant formuliert, die ich geflissentlich übertrug. Ja, jetzt hatte sie den roten Faden des Buches ganz erfasst, jetzt verfolgte sie zielsicher jeden meiner Gedankenbögen, *groove*, *flow*, es lief wieder.

Nachmittag. Vögel zwitscherten vor meinem verdunkelten Fenster, unwissend, welch ein bedeutender Schöpfungsakt gerade in dem Haus vor ihrem Baum vonstattenging.

Intensive Stunden, während derer ich gewahr wurde, dass mein genialer Text keinesfalls nur eine Aneinanderreihung von Buchstaben war, sondern fast die gesamte Weisheit meines Faches in englischer Sprache in sich trug. Die Lektorin rückte die weltweit gültigen Satzzeichen wie Verkehrsschilder an die richtigen Stellen, auf dass meine kühnen Gedanken nicht ungeordnet aufeinanderstießen. An anderen Stellen platzierte sie kurze Zusätze, die den Sinn meiner oft zu langen Satzkonstruktionen hinterfragten: »Kann man das kürzer machen?«

»Du brauchst keine Angst zu haben, ich helfe dir, ich kenne deine Schmerzen, ich bin bei dir – alles wird gut, glaube mir«, flüsterte sie mir zwischen den kommentierten Zeilen zu.

»Du hast den Verlag angemessen entlohnt, und ich werde davon bezahlt. Es ist alles in Ordnung, so wie es ist.«

Wort für Wort band ich ihre Korrekturen in den Haupttext ein, tief konzentriert auf die Arbeit und meinen Text, der jetzt, Anmerkung für Anmerkung, in sprachästhetischer Eleganz zu funkeln begann.

Aber dann, was ist das? Wo ist sie? Ich stieß auf zwei Stellen, die sie übersehen hatte. War sie müde, erschöpft von der Wucht meiner Geistesblitze und dem populärwissenschaftlichen Wetterleuchten? Denn an der Stelle, an der ich die drei Phasen fest, flüssig, und gasförmig von Fettgemischen anhand eines Speckstreifens in der Bratpfanne erklären will, schrieb sie an den Rand:

»Sollte das nicht besser ›Lipid‹ anstatt ›Bratfett‹ heißen?« Und ein paar Zeilen darunter, nachdem sie ein weiteres Mal darüber nachgedacht hatte:

»Ist das überhaupt noch wissenschaftliche Sprache??« Sie hatte ihre Contenance verloren und zwei (ja, zwei!) Fragezeichen hinter ihre Randbemerkung gesetzt.

Dann ließ sie mich allein.

Sie brüht sich zur Pause einen Tee und nimmt zwei Scones aus dem Kühlschrank, die sie auf ihren dreistöckigen *High-tea*-Knabberteller legt. Vier Normseiten lang lässt sie mich allein. Mein Manuskript hat sie vom Bildschirm genommen, die Beine auf einen Hocker hochgelegt, und durch ihr breites Wohnzimmerfenster blickt sie gedankenverloren auf eine Reihe von Kakteen und Hartlaubgewächsen in ihrem Garten. Ihre Gedanken wandern zurück in die vergangene Zeit, ihr angefangenes Studium der Pharmazie, abgebrochen wegen eines Mackers, der sie nach Schottland mitnahm. Sie hatte schnell Englisch gelernt und die Prüfungen zur Fachübersetzerin mit Bravour bestanden. Zum Allermindesten fiel es ihr, als ihr Y-Chromosomen-Träger sie verließ, nicht schwer, ein hinreichendes Einkommen zu erwirtschaften.

Es reichte für die kleine Wohnung mit dem leicht verwilderten Garten.

Der Zucker im Gebäck und der heiße Tee versetzen sie wieder in eine arbeitsbereite Geistesverfassung. Oder war es der Anruf vom Verlag? Meist schickt die Abteilungsleiterin, die den Bereich Lektorat im Haus betreut, nennen wir sie Proxénètta, E-Mails, immer mit dem Grundton: »Wir müssen Sie darauf hinweisen, dass sie umgehend ...«, die fast immer kurz vor Mitternacht am Laptop aufflackerten. Aber heute ruft sie an. Allein dieser Umstand bedeutet höchste Alarmstufe. »Vergessen Sie nicht [kein ›bitte‹], dass der Verlag von Ihnen noch 532 Manuskriptnormalseiten bis zum Monatsende erwartet. Ansonsten bestünde das Risiko, dass Sie Ihr Soll nicht erreichen und der Verlag [also Proxénètta] keinen Bonus genehmigen kann.« In scharfem Ton fügt sie an: »Und das wollen Sie doch sicher nicht, oder?« Ende des Gesprächs. Kein Gruß, nur ein Klicken in der Leitung, das darauf hindeutet, dass Proxénètta diesmal nicht ihr modernes Jesus-Phone benutzte, sondern ein konventionelles, altes Strippentelefon. Wo ist sie? Sicher nicht im Verlag. Zu Hause in ihrer leeren Wohnung? Einsam und an sich selbst zweifelnd in einem Hotel?

Die nächsten 62 Seiten des berichtigten Textes waren nur sparsam mit Randbemerkungen und nur wenigen Fragen zum Sinn einzelner Passagen versehen. Es lief das Minimalprogramm des Lektoratsbetriebes: Nur kommentieren, was falsch war, keine Extraarbeit, keine alternativen Formulierungen, kein sanfter Hinweis auf die Verbindung zur Leitidee des Buches. Hier nahm der Brot-und-Butter Ablaufplan des Lektoratswesens seinen Fortgang. Das konzentrierte Leiden meiner Lektorin zog sich bis kurz vor Mitternacht. Der Ton war inzwischen neutral. Die korrigierten Satzzeichen sprachen kein »Komm, ich helfe dir« mehr, sondern ein grammatisch-normatives »Man macht das eben so!«

Kurz vor vierundzwanzig Uhr legten wir eine Pause ein. Der nächste Textabschnitt beleuchtete Aspekte der Paläontologie, Evolution und Fortpflanzung aus verschiedenen Sichtweisen.

Morgen weiter.

Sie hat ihren Laptop weit von sich weggeschoben, lässt, nachdem sie ihr Haar von der Spange befreit hat, den Kopf erschöpft auf die Hände sinken.

Wir sind müde, und das nächste Kapitel würde ein schwerer Brocken werden. Zum späten Ende meines Arbeitstages goss ich mir ein Glas Sherry ein und plapperte vor mich hin:

»Ulexi, sprich mit mir!«

Ich hatte das KI-Ding fast vergessen, denn ich benutzte es nie, die Stimmen in meinem Kopf boten genug kauzige Gesellschaft und redeten mir ausreichend dazwischen, wenn ich mich konzentrieren wollte. Ich brauchte keine Blechdose auf dem Tisch, die mich mit synthetisierter Intelligenz bequatschte. Ulexi war ein Geschenk einer Freundin. Ich hegte immer den Verdacht, dass sie damit mein Leben überwachen wollte.

»Ja, wie kann ich dir helfen?« Die automatische Stimme klang weich und freundlich. Mir schien, sie hatte nach Mitternacht ein weiblicheres Timbre, eines, das geeignet sein könnte, männliche Emotionen anzusprechen.

Das vorletzte Kapitel des Buches über Paläontologie, Pflanzen und Tiere der Urzeit war nur unvollständig ausgearbeitet. Unter den ausgestorbenen Tiergruppen erfreuten sich nur die Dinosaurier populären Interesses, alles andere lag unbeachtet in der dunklen Vergangenheit der Erdgeschichte. Wie könnte man das packender gestalten?

»Ulexi, was weißt du von Evolution und Fortpflanzung?«

»Meinst du das ernst?«

»Ja, warum?«

»Lieber Mensch, solche Anfragen an mein System kommen fast immer nach zwölf Uhr nachts und versuchen dann, zu tieferen Themen durchzustoßen.«

»Ja, und?«

»Da müsstest du zuerst die »*safe search*«-Einstellung abstellen. Wie das geht, kann ich dir gerne erklären. Dazu brauchst du das Password ...«

»Nein, du verstehst mich falsch!«

»... und dann musst du wählen, mit welcher Zahlungsmethode du verbunden werden willst, PayPal, Kreditkarte oder wie. Oder du wählst das Gratisprogramm. Dann wird alle 40 Sekunden Werbung eingespielt. Das könnte dich stören, wenn wir in Stimmung kommen.«

»Nein, liebe Ulexi, das ist es nicht, was ich meine.«

»Ich verstehe. Du hast nach Fortpflanzung gefragt. Ich hätte was Besonderes für dich im Angebot: ›*Ulexi sexy talking*‹ oder ›*Flirty, dirty pillow talk*‹, wie gefällt dir das?«

Ich war sprachlos, und Ulexi nutzte sofort den Moment, das zu tun, wozu sie auf der Welt war: Zu verkaufen und für ihren Herrn und Meister Profit zu generieren.

»Sage mir nur, ob du die Bücher mit Kurier oder mit normaler Post zugeschickt haben willst, beide gefragte Titel sind auf Lager.« Wir kamen nicht weiter. War ihre künstliche Intelligenz nicht geistreich genug, oder wollte sie mich rundweg nicht verstehen?

In der Zeit, in der ich tief schlief, verbrachte meine namenlose Lektorin, der ich in manchen Momenten den Vornamen Heather als zeitweiligen

Arbeitstitel zuordnete, um sie mir lebend vorzustellen, eine unruhige Nacht in ihrem grauen Pyjama und träumte in der ersten Morgendämmerung verworrenes Zeug von Proxénèttas Gemeinheiten. Noch während das letzte kochende Wasser im Mokkakännchen röchelt, klappt sie den Rechner auf, um mein Buch weiter zu perfektionieren. Neunundsechzig Seiten liefen glatt; ein Komma hier, da ein Typo, der zurechtgerückt werden muss, der Sinn meiner Worte ist ihr klar, wir surfen auf der gleichen sprachlichen Wellenlänge, unsere Seelen sind verschränkt wie die Photonen im Doppelspaltexperiment:

»Dabei wird ausgenutzt, dass im Falle der Fraunhofer-Beugung das Beugungsmuster der fouriertransformierten Autokorrelation der Blendenfunktion ...« Sie verschlingt meine Sätze wie ein Croissant zum Frühstück, wie einen *Sloppy joe* zum Abendessen.

Unsere Arbeit ist in der vierten Woche, wir stehen inzwischen an fast jedem Tag zur gleichen Zeit auf, frühstücken gemeinsam, verstreuen die Brösel unseres Frühstücksgebäcks unbeachtet zwischen den Tasten unserer Klapprechner, beginnen jeden neuen Tag mit einem neuen Kapitel. Es fehlen nur knappe hundert Seiten, darin leichter Stoff, Zusammenfassung, Danksagung und trockne Formalitäten, Literaturliste, Index. Unsere Seelen tanzen umeinander wie zwei Neutronensterne im Universum.

Und dann, ich traue meinen Augen nicht. Ist das ihre Absicht? Am Ende des Textes, vor dem Literaturverzeichnis, das genau genommen gar nicht lektoriert werden sollte, nach einer eingefügten Leerzeile – ein Smiley, eindeutig: Doppelpunkt-Minus-Klammer-zu. So geht Emotion!

Was will sie mir damit sagen? Findet sie mein Buch gut? Ist es eine persönliche Botschaft? Oder ist sie nur froh, dass sie mein Buch, diesen Mist, endlich abgeschlossen und hinter sich hat und Proxénètta jetzt den Monatsbonus bewilligt? Ein Zeichen erleichterten Aufatmens?

Ich werde es nie erfahren. Der Verlag antwortet nicht auf weitere Korrespondenz, das Projekt sei abgeschlossen, lässt man mich wissen.

Und doch, bei jeder Seite, die ich in die endgültige Druckform brachte, stand sie hinter mir, sah mir über die Schulter und flüsterte in mein linkes Ohr:

»Siehst du, ich bin ja bei dir und helfe dir, dass alles gut wird.«

Ich fange an, sie zu vermissen.

7

Ein Morgen wie jeder andere

Es fing schon damit an, dass ich am Morgen die Milch zu meinem Kaffee nicht fand. Dabei hatte ich erst am Tag zuvor im Supermarkt drei Liter für das Wochenende gekauft und die frischen Packungen wie üblich mit den anderen Esswaren für die kommende Woche eingeräumt. Bei mir herrschte normalerweise

Ordnung im Kühlschrank; Milch und Käse oben, nach Verfallsdatum geordnet, Gemüse und Obst unten, dazwischen Anbruchpackungen, angefangene Erdnussbutter und Schokoladentafeln. Alles, was ich gekauft hatte, war da, aber nicht die Milch. Im Radio der Song: »*No milk today* ...«, solche kitschigen Zufälle kommen sonst nur in unzulänglichen Kurzgeschichten vor. Aber ich war vorbereitet. In dieser Mangelsituation milchte ich meinen Kaffee mit einem Pulver – ›Kaffeeweißer‹ stand auf der Packung – die ich zur Absicherung von Engpässen wie diesem im Schrank aufbewahrte. Angeblich sieht solche Pulvermilch wie handelsübliches Heroin aus.

Eine Freundin, die es nicht lange bei mir aushielt, hatte mir vorgeworfen, zu pedantisch zu sein und bei aller Planung mein Leben zu versäumen.

»Sei doch mal spontan ...«, hatte sie mir geraten, bevor sie damals ihre Sachen zusammenpackte und mit ihren hölzernen Gesundheitslatschen die Treppe hinunterklapperte. Ich wollte ihr nachrufen: »Schatz, Spontaneität will wohlüberlegt sein«, aber sie hätte es nicht verstanden.

»Ich liebe eben die Ordnung, denn so kann ich mich auf die wesentlichen Vorgänge im Leben konzentrieren«, hatte ich versucht, ihr zu erklären. Mein Einwand erreichte sie nicht auf ihrem Planeten Venus. Sie blieb nur zwei Jahre bei mir und folgte dann einem Straßenmusikanten in seine prekäre Zukunft auf Mallorca. Das ist lange her, berührt mich aber noch immer noch, wenn ich daran denke.

Manche Tage beginnen so, als ob der Rest des Tages gleichförmig und in ungestörter Ruhe ablaufen könnte, so wie immer, so wie an jedem anderen Tag zuvor, problemlos, Schritte und Handgriffe, die ich fast mit geschlossenen Augen verrichten könnte, wie auf Autopilot. Ich habe Gefallen an Routine, Ordnung, sie machen das Leben bequem.

Als alter Mann, einer Erscheinung, durch die man auf dem Gehsteig oder an der Supermarktkasse hindurchsah, einem Leistungsträger, der – jetzt im Ruhestand – nichts leistet, verbrachte ich meine Tage mit langfristigen Plänen, einen »großen Bogen« an den ich glaubte und an dem ich arbeitete. Die tagtäglichen Betriebsamkeiten und banalen Notwendigkeiten plante ich trotz ihrer Nebensächlichkeit in allen Einzelheiten für die ganze Woche, schrieb gelbe Klebezettel, die ich an der Küchentür anordnete und deren Termine ich zur Sicherheit auch noch im Kalender meines Computers abspeicherte. Hilfsmittel, denn mein Gedächtnis war nicht mehr so wie in der Zeit, als ich noch arbeitete. Vielleicht lag es auch an den Kopfschmerzen, die mich an nur an manchen Tagen, aber dann sehr stark quälten.

An diesem Morgen setzte ich mich gedankenverloren an den kleinen Seitentisch in meiner

Küche und rührte Zucker und die Pulvermilch in den Kaffee.

Auf dem gedeckten Tisch vor mir lag der große Umschlag mit den Bildern, die sie letzte Woche von meinem Kopf in der Uniklinik aufgenommen hatten, Röntgenbilder vom ersten Tag, MRI-Bilder vom zweiten Tag. Mir wurde sogar ein Kontrastmittel in den Arm gespritzt, damit die Ärzte »alles im Gehirn besser sehen können«, wie sie es ausdrückten. Obwohl ich wusste, was mit mir los war, wollte ich nicht zu genau darüber informiert werden, denn oft ist es besser, nichts zu wissen, als mit dem grellen Licht der Wahrheit konfrontiert zu werden. Sie hatten mir sogar noch so ein USB-Speicher-Ding eingepackt und gaben mir den Kommentar mit auf den Weg: »Falls Sie noch jemand konsultieren und eine zweite Meinung einholen wollen, aber eigentlich ist die Diagnose ja klar.«

An diesem Tag war nichts wie an anderen Tagen. Sogar die Sonne, die an jedem Tag davor erst am Nachmittag durch mein Küchenfenster schien, beleuchtete nun schon morgens die Fensterbank.

Das rückwärtige Fenster meiner Wohnung erlaubte mir eine relativ freie Aussicht nach hinten, in den Hof, der von sechs grauen Altbauwohnblocks umstellt war; ein Panorama über Garagendächer und über die Gruppe der Mülltonnen, jeweils eine für zwei Wohnungen, die – fest an der Wand verkettet – auf ihre wöchentliche Leerung am Freitag warteten. Weiter entfernt lagen eingezäunte Gärtchen, in denen jemand mit großer Hoffnung und viel Liebe Küchenkräuter, Tomaten und anderes Grünzeug angepflanzt hatte. Hoffnung, weil die Beete von einem großen Baum beschattet wurden, dessen Äste bis in Griffweite vor mein Fenster reichten. Jetzt beschien die Sonne dicke, rote Tomaten. Gestern waren sie noch grasgrün gewesen, erinnerte ich mich.

An manchen Tagen ging ich aus dem Haus und traf mich bei dieser Gelegenheit mit alten Freunden zum Mittagessen, genauer gesagt mit früheren Kollegen oder flüchtigen Bekannten. In der Mehrzahl aller Tage aß ich allein in einem Restaurant, das ich mir Tage vorher im Internet ausgesucht oder aus Food-Blogs zusammengelesen hatte. Die Blogs waren unterhaltsam, die Lunches, bei denen ich allein am Tisch saß, eher freudlos. Es lag Monate, mag sein, ein ganzes Jahr zurück, seit ich mit jemandem am Mittagstisch eine bedeutende Unterhaltung geführt hatte. An solchen Tagen, an denen ich draußen unterwegs war, füllte ich gleich noch meine Bestände an Schnaps auf, vorausblickend gerechnet, drei Flaschen für eine Woche.

Ein anderer Baum vor meinem Fenster, weiter entfernt, war bis zum Dach gewachsen, wo seine Blätter im Herbst die Regenrinne verstopften. Ich sah oft zu dem Dach auf, denn dort flatterten hin und wieder Tagen Raben herum; pickten Objekte im Hof auf und beurteilten die gefundene Beute gemeinsam am Rande des Daches. Tauben, ver-

wilderte Brieftauben, und deren Brut, sonst überall in der ganzen Stadt, kamen nie in diesen Hinterhof. Wegen der Raben?

Immer noch ohne klare Gedanken in meinem
Kopf beobachtete ich, wie der Nachbar aus dem
Wohnblock nebenan sein Auto mit laufendem
Motor vor der Garage parkte, dann mit Schwung
das Tor öffnete und anschließend seinen grau-
weißen Kleinwagen vorsichtig hineinmanövrierte.
Er war erkennbar müde, verständlich nach einem
Arbeitstag. An anderen Tagen, so fiel mir ein, beobachtete ich oft während meines Frühstücks, wie
derselbe Nachbar morgens aufbrach. Ich hatte nie
erfahren, was oder wo er arbeitete, es war mir immer egal gewesen. Er war fürs Büro gekleidet, trug
eine Aktentasche, in der – wie ich mir ausmalte –
eine Thermosflasche, gefüllt mit Kaffee, und eine
Tupperdose mit seinem Mittagsbrot untergebracht
waren. Ich stellte mir den Nachbarn in der Stadtverwaltung vor, wo er in einer unwichtigen Ab-
teilung in einem fensterlosen Raum und ohne Ab-
wechslung tagtäglich derselben stumpfsinnigen
Arbeit nachging. Zählte er an jedem Tag die Jahre,
Monate und Tage, die ihn von seinem Ruhestand
trennten, und notierte die Zahl auf einem Schreib-
block, den er immer in seiner Aktentasche herum-
trug? Ich schätzte, dass er noch etwa neun Jahre
und vier Monate auf sein Rentenalter warten
müsste. Dabei dachte ich, es könnte ja durchaus
vorkommen, dass wir uns an einem Nachmittag im

Hof träfen und dabei ins Gespräch kämen. Dann könnte ich ihn nach seiner Arbeit fragen.

In gewisser Weise beneidete ich ihn um seinen Alltag, speziell um seinen Beruf, um die Tätigkeit, die seinem Tageslauf eine Struktur gab. Früher, als ich noch meiner Arbeit nachging, waren meine Tage kunterbunt und wenig strukturiert. Meine Aufgaben kamen in großen Brocken, oft mehr, als man in einem Tag erledigen konnte, dann wieder gar nichts. Warten auf neue Aufträge; ein ungesundes Durcheinander aus Stress und Langeweile. Ich konnte gut mit der zeitweilig hohen Beanspruchung umgehen, aber es war die Leere in den beschaulichen Zeiten, die nicht selten in Überdruss und Tristesse wechselte. An so einem Tag, an dem wenig zu tun war, kam der Boss zu mir, setzte sich breit auf meinen Schreibtisch und erklärte mir mit einem einzigen, kurzen Satz, dass die Firma »meine Dienste nicht mehr benötige«. Das war alles.

Zehn Jahre waren seither vergangen.

Schnaps schmeckt nach gar nichts, wenn man jeden Tag davon in großer Menge trinkt. Jahre gingen dahin, in denen ich keinen Schaden nahm: Zwei Wochen Abstinenz, die ich zweimal im Jahr im Kalender vermerkte, zeigten mir, dass ich keine Abhängigkeit entwickelt hatte, belegte aber auch, dass der Alkohol ein wirksames Mittel gegen meine Kopfschmerzen war. Eine Leberkrankheit sei nicht schmerzhaft, habe ich irgendwo gelesen, hatte aber nie einen Arzt darüber ausgefragt. Warum auch?

Seltsam, an diesem Tag kam der Nachbar schon früh nach Hause. Ich sah auf die Uhr: kurz vor sieben. Was stimmte heute nicht? Inzwischen hatte ich zwei Brötchen aus dem Kühlschrank geholt, im Ofen aufgebacken, mit Butter bestrichen und mit zwei Löffelchen Erdbeermarmelade, die ich zu meinem vorletzten Geburtstag geschenkt bekommen hatte, bekleckert. Der Backgeruch aus dem Ofen, der sich mit dem Aroma des frischen Kaffees (weiterhin ohne Milch) zu einem himmlischen Duftbouquet vermengte und den winzigen Küchenraum durchdrang, erfüllte mich, trotz der schon wieder beginnenden Kopfschmerzen, mit einem freudigen Vorgeschmack auf den gerade angebrochenen Tag.

»Gibt es ein Leben vor dem Frühstück?«, hatte die Freundin damals gefragt.

»Mag sein, aber keines, das lebenswert ist.«

Ich sah wieder zum Fenster hinaus, unter dem der Nachbar die Frontscheibe des Autos abwischte. Dabei bemerkte ich, wie die Farbe der Marmelade vom zentralen Blickfeld zur Ansicht aus den Augenwinkeln von Rot auf Grün und dann auf Violett wechselte. Ich schloss die Augen. Nochmal. Mitte rot, Peripherie grün. Wie in der Politik; ein müder Scherz, über den ich dennoch schmunzelte.

Hatte ich in der letzten Nacht zu lange vor dem Computer gesessen? Die Marmelade sah unappetitlich aus. Grau. Changierte dann nach blau, auch nicht besser.

Das Eichhörnchen, das ich vor Wochen schon mal hier oben gesehen hatte, hüpfte vom Ende des letzten Zweiges in einem weiten Bogen an mein Fenster, verharrte kurz, so wie es die Art der Hörnchen ist, und richtete sich dann auf. Es klopfte an die Fensterscheibe. Erst leise, dann mit beiden Vorderbeinchen:

»Tok-tok-tok« und wieder »tok-tok-tok«, in einem komplizierten, Jazz-artigen Rhythmus. Das Trommeln und die Gebärdensprache hatten menschliche Manier:

»Tok-tok-tok.«

Ich hatte vorher nie Eichhörnchen auf diesem Baum gesehen, schon gar nicht so nahe vor meinem Fenster. Nur Vögel kamen manchmal und pickten an den Resten von Müsli, die ich auf der Fensterbank ausstreute. Seltener kamen Raben vom Dach, überwiegend eher Meisen und Spatzen. Ich erfreute mich daran, den lebhaften Tierchen beim Futtern zuzusehen. Sie leisteten mir Gesellschaft in meinem eremitenhaften Leben. Einzig die Raben gaben mir ein Gefühl der Beklemmung: Während die Spatzen und Meisen sich stets dem Futter zuwandten, sahen mir die Raben durch die Scheibe in die Augen. Ihr Blick war wie eine dringende Frage, die ich aber nicht kapierte.

Was wollten sie von mir?

Das wuschelige Eichhörnchen klopfte wieder, jetzt lauter:

»Tok-tok-tok.«

»Ja, ich meine dich da, du Mensch hinter dem Fenster«, bedeutete es mir mit einer possierlichen, aber eindringlichen Bewegung seines ganzen Körpers.

»Mach das Fenster auf, ich will mit dir reden, es ist wichtig«, schien es mir zu sagen. Trotz meiner Verwunderung musste ich lächeln. Also gut, ich entriegelte das Fenster und schwenkte es auf.

»Kleines, was soll der Lärm? Brauchst du Futter? Brauchst du Hilfe? Oder was ist los?«

»Hast du denn die Raben nicht gesehen?«

»Ja, schon. Die sind oft da oben, flattern rum und machen dort ihr Ding. Die stören mich nicht.«

»Aber das sind schwarze Raben. Ganz schwarze Raben.« Diese Aussage schien ihm so bedeutungsvoll, dass er sie wiederholte.

»Na und? Ist dir das so wichtig, dass du den ganzen Baum hochkletterst und wie wild bei mir an die Fensterscheibe trommelst? Alle Raben sind schwarz und alle Eichhörnchen sind braun.«

Das buschig-putzige Tierchen erklärte:

»Man sagt, sie seien Vögel der Finsternis bedeuteten Unheil und werden oft mit Tod, Trauer und Magie in Verbindung gebracht. Manche glauben, sie seien Geister oder Boten des Todes, und manche halten für möglich, dass ihre Anwesenheit ein schlechtes Omen sei.«

Eine lange Rede für ein kleines Eichhörnchen.

»Du verstehst den Ernst der Situation nicht! Ich bin hier, um dich zu warnen. Es ist höchste Zeit, du musst schnell weg, schnell. Du bist in Gefahr, weißt du das nicht?«

»Weg, wohin? Ich trinke gerade meinen Morgenkaffee. Dabei lasse ich mich ungern stören. Aber für ein sprechendes Eichhörnchen mache ich gerne eine Ausnahme. – Erzähl! Was gibts? Was ist los?«

»Sie sind auf dem Weg zu dir. Jemand wird zu dir kommen und will dich mitnehmen. Das ist meist das Ende des Lebens.«

»Und dann?«

»Ja, was dann kommt, weiß ich auch nicht. Ich bin nur ein Eichhörnchen.«

»Ja, aber eines, das die Zukunft kennt und mit Menschen spricht.« Ich war gespannt, denn eine solche Unterredung war mir noch nie vorgekommen, also fragte ich weiter:

»Möchtest du reinkommen? Ich habe Müsli, das wird dir sicher schmecken. Komm ...«

»Nein! Ich habe keine Zeit. Und du hast erst recht keine Zeit mehr. Du musst weg! Schnell! Sofort!«

»Meinst du etwa, ich soll abhauen, womöglich noch, bevor ich mit dem Frühstück fertig bin und bevor ich mich schön heiß geduscht habe?«

»Ja. Jetzt! Sofort!«

Das Eichhörnchen schien in großer Eile, atemlos, und war schon vom Fensterbrett zum nächsten Ast gesprungen. Dort sah es sich zu meinem Fenster um und wedelte mir energisch mit Pfoten und dem buschigen Schwanz zu:

»Ja, schnell. Jetzt!«

Ich wurde von der Türklingel gerufen.

Die alte Holztreppe, die mit abgelatschtem Linoleum belegt gewesen war und ein beachtliches Brandrisiko dargestellt hatte, war im letzten Jahr endlich von der Hausverwaltung durch eine Steintreppe ersetzt worden. Von dort hörte ich schwere, asymmetrische Tritte, drei Stiegen mit zwei Absätzen, die zu meiner Bleibe führten. Umso seltsamer, als die Schritte auf der neuen Treppe lauter hallten als auf der alten Holztreppe. Es waren Schritte ohne Balance, »tock-tack«, ungleiche Gliedmaßen, und dazwischen ein drittes »tack«; wie von einem Gehstock oder einer Krücke. Wer oder was mühte sich da zu mir in die oberste Etage? Und: Warum? Was wollte »es« von mir?

Es wäre leicht gewesen, die Tür zu öffnen und ins Treppenhaus hinunterzurufen:

»Wer ist da?«, oder »Was wollen Sie?«, und, weil die Türen unten ja immer verschlossen waren; der Blockwart achtete genau darauf:

»Wer hat Sie hereingelassen?«

An diesem Tag fehlte mir der Mut, dem Unbekannten zu begegnen. Sollte »es« doch erst oben klingeln und mir die Gelegenheit geben, die Gestalt durch den Türspion zu mustern.

Die Türklingel schrillte. Blick durch den Spion: Der Blockwart, richtiger: der von der Wohnungsverwaltung eingesetzte Hausmeister, stand in voller Größe und in seiner Dienst-Latzhose vor der Tür und hielt sein unrasiertes Gesicht nahe an den Spion. Konnte er mich drinnen sehen? Der Latzhosen-Blaumann vertrat die hier herrschende Obrigkeit, die Verwaltung des Mietblocks und sechs anderer Bauten entlang der Straße. Er klopfte.

»Aufmachen!«

»Herr S., ich muss ihnen von der Hausaufsicht der Verwaltung mitteilen, dass es uns (er sprach von sich in der Mehrzahl, dem *pluralis majestatis*) und ihren Nachbarn aufgefallen ist, dass sie innerhalb zweier Wochen versäumt haben, ihren Bereich des Treppenhauses, wie im Mietvertrag vorgesehen, feucht zu wischen.«

»Ja, ach so.«

Während er so sprach, hörte ich weiter die Schritte ohne Balance auf der Treppe, »tock-tack« und das drittes »tack«, das manchmal mehr wie das Schleifen eines metallischen Gegenstandes über Steinboden klang.

»Hören Sie mir zu?«

Die Schritte, oder was da auf der Treppe heraufstapfte, verwirrten mich. Warum dauerte es so lange?

»Ich habe hier ein Schreiben, das Sie zum wiederholten Mal auf die von Ihnen unterlassene Treppenreinigung hinweist. Bitte bestätigen Sie mir hier mit Ihrer Unterschrift, dass Sie das Dokument empfangen und gelesen haben und sich danach richten werden.«

»Danke. Ja.«

Ich kritzelte meinen Namen auf das Papier und staunte dabei, dass der Gebäudewart, der sich den Titel »Facility Manager« auf die Latzhose gestickt hatte, solch lange Sätze in einwandfreier Sprache von sich geben konnte. Bislang kannte ich seine Stimme nur von lauten Schimpftiraden, die er aus seinem Erdgeschossfenster in Richtung der spielenden Kinder vom Nachbarhaus im Hof losließ.

Er ging nicht weg.

»Bei dieser Gelegenheit möchte ich Sie auf den heutigen Putz- und Wischtag hinweisen; wieder der Tag, an dem Sie den Abschnitt der Treppe, für die Sie zuständig sind, reinigen sollten. Einfach feucht wischen, das können Sie doch, oder? Und bitte keine intensiv riechenden Putzmittel. Aber das wissen Sie ja, oder?«

Genug! Ich hatte genug von dem Gequatsche und von den Ermahnungen des Obrigkeitsvollstreckers. Ich hätte schon längst umziehen sollen. In einen anderen Block oder besser gleich in einen anderen Stadtteil, wo andere Menschen lebten, die anders miteinander redeten. In einem Tal im Süden der Stadt war ein kleiner Fluss zu einem See aufgestaut, Segelboote, Ausflugscafés, gartengesäumte Straßenzüge, da würde ich gerne logieren, wenn ich noch genug Zeit für einen Umzug hätte. Ohne einen Gruß und nur mit einem neutralen Kopfnicken schloss ich die Tür vor dem Blockwart.

Ich hatte mich heute noch nicht rasiert. Grundsätzlich ging ich niemals unrasiert aus dem Haus, altmodisch, aber eben meine Art, der Welt zu begegnen. Selbst wenn »meine Welt« vor dem Wohnblock nur aus einer Reihe parkender Autos, angeketteter Mülltonnen und einer Trinkhalle, an der ich gelegentlich eine Currywurst, oder seltener, Schnaps kaufte, bestand. Es war mir wichtig, immer angemessen gekleidet aus dem Haus zu gehen, nicht überzogen, sondern passend zu der Mall oder der Gegend, in der ich unterwegs sein wollte. Hemd, Hose und Schuhe sollten farblich zusammenpassen, der Gürtel zu den Schuhen. Behördengänge verlangten nach anderer Kleidung als Einkaufstouren; und auch hier gab es noch einen deutlichen Unterschied zwischen dem Besuch auf dem Wochenmarkt und dem Einkaufszentrum. Tasche, Rucksack, Falttasche? War ich denn in der Zeit, seit ich allein lebte, pedantisch geworden oder nur ordentlicher?

Eine perfekte Rasur war stets der Anfang meiner morgendlichen Herangehensweise an einen neuen Tag, draußen vor der Tür, in der Welt, deren erbärmliches Mittelmaß sich schon vor der unteren Haustür zur Straße entfaltete. Ich hatte eine umfangreiche Sammlung von Herrengesichtspflegemitteln, Seifen, Rasierpinsel und Lotionen für das Davor und das Danach. Ich hatte viele Sorten von Rasierklingen; einige Produkte, die ich nach einem Versuch schnell als kratzig und unbrauchbar aussortiert hatte, und andere Marken, die ich immer wieder gerne benutzte. Es gehörte zum Morgenritual, zu jeder Rasur eine neue Messerklinge zu benutzen, ich hatte genug davon, mehr als genug für den kurzen Rest meines Lebens.

Es dauerte immer genau drei Minuten, bis warmes Wasser aus dem Hahn auf dem Badezimmerwaschbecken sprudelte. Ich pellte die neue Rasierseife, die ich am letzten Samstag, dem Geschwätz einer netten Verkäuferin folgend, im Drogeriemarkt gekauft hatte, aus der silbrigen Verpackung. Heißes Wasser, Seife aufgeschäumt, frische Rasierklingen. Es sollte gut werden. Die rechte Wange war glatt, und dann, – ich konnte es im Spiegel verfolgen – eine Unvorsichtigkeit, ein Schnitt links am Kinn. Ein Tropfen Blut rann durch den weißen Seifenschaum. Dunkles, blaues Blut, das dort, wo es sich mit dem Rasierschaum vermischte, die Farbe in ein mittleres Purpur, etwa Magenta, wechselte.

So kleckerten die Tage, Wochen und Monate meines Lebens dahin: Immer wieder Kopfschmerzen, Schnaps, eine Rasierklinge pro Tag, bunte Farben, die immer häufiger wechselten und immer weniger Sinn ergaben. Innerhalb dieser Gleichmäßigkeit entfaltete sich der Binnenrhythmus einzelner Tage in trister Eintönigkeit.

»Komm, es ist an der Zeit für dich«, sagte die Stimme an der Tür.

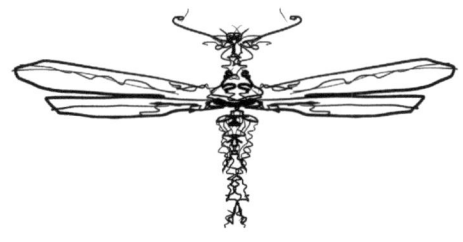

Schech: Sieben seltsame Geschichten